KB170349

# 산중일지

산중일지 山中日誌

글쓴이 현칙

**초판 1쇄 펴낸 날** 2003년 8월 25일
**초판 2쇄 펴낸 날** 2011년 3월 18일
**펴낸이** 이연창 | **책임편집** 김 명
**펴낸곳** 도서출판 지영사 | **등록번호** 제1-1299호 | **등록일자** 1992년 1월 28일
**주소** 서울특별시 종로구 명륜동 3가 1-218 | **전화** 02 747 6333~4 | **팩스** 02 747 6335
**이메일** vvj747@chollian.net

값 9,500원


ISBN 89-7555-121-3 03810

# 산중일지 山中日誌

현칙

지영사

## ●산중일지를 쓰면서

어느 날 주지 화상和尙에게서 선물을 받고 보니 티 한점 없는 깨끗한 공책 이었다. 아무리 청정清淨이 진짜이고 산하대지山河大地는 거짓이라 하지만, 어찌된 일인지 청정한 본성本性에서 홀연히 산하대지가 나온다는 말은 사실이다.

공책을 그대로 두는 것이 깨끗할 일이로되 아무래도 무엇이든지 쓰고 싶었다. 쓸 재료를 이리저리 고르다가 결국 일기를 쓰기로 하였는데, 오늘부터 시작하자니 60여 년 인생의 많은 일을 다 버리고 며칠 남지 아니한 노년만을 쓴다면 돼지꼬리 같은 감이 있고, 일생사를 다 쓰자니 너무도 번잡해서 책에 맞지 않을 것이므로 입산入山 후부터를 쓰기로 하고 제목을 산중일지山中日誌라고 하였다. 그것도 20여 년 간의 일이라 다 쓸 수는 없고 대강만 추려서 쓰기로 하였다.

이전에 「살기 위해서 먹는가? 먹기 위해서 사는가?」라는 문제로 토론하는 것을 본 일이 있었는데, 오늘 나는 일지를 쓰기 위해서 공책을 장만한 것이 아니라 책을 쓰기 위해서 일지日誌를 만들고, 남에게 보이기 위해서보다는 내가 오늘 해를 보내기 위해서 쓴 것이다. 또 후에 이 책을 보는 이도, 책을 보기 위해서 시간을 보내는 이도 있겠지만 시간을 보내기 위해서 책을 보는 이도 있을 것이다.

이 글을 보고 동감이라고 호평하는 이도 있을 것이요, 못마땅하다고 비난하는 이도 있을 것이다. 그러나 그 둘이 다 나와 같은 수행인이라고 생각한다. 수행인들은 모름지기 문제의식을 가지고 꾸준히 수행하여야 깨달음을 얻을 것이다. 나는 지나간 내 수행을 반성하고 앞으로 더 철저히 수행하려는 마음가짐으로 이 일지를 썼다.

1956년 9월 1일
가지산 석남인石南人
현칙玄則

산중일지● 차례

## 입산 …11



## 남쪽으로 길을 떠나다 …47



## 복천암 시절 …63

## 절에서 만난 사람들 …137



## 석남사 시절 …161

## 법을 설하다 …197

# 입산

# 선학원을 찾아가다

1931년 3월 중순경에 동아일보 기자로 있는 김학송金鶴松 형에게 입산 안내를 청하였더니, 유엽柳葉 선생을 소개하기에 선생과 함께 안국동 선학원을 방문하였다.

주인이 출타하여 건넛방에 기거하던 한용운 화상을 먼저 방문하였다. 주인을 기다리면서 이야기를 하던 중, 인생문제가 거론되어 '일체 인간은 목적 없이 산다'는 말이 나와서 내가 말했다.

"왜 그래요? 나는 분명히 목적이 있지요."

"목적이 무엇이오?"

"인생의 목적이 무엇인가를 알기 위해서 살지요."

내가 대답하고 두 사람의 얼굴을 얼른 둘러보니, 한용운 화상은 깜짝 놀라는 빛이 보이고 유엽 선생은 아무렇지도 않은 듯했다.

얼마 후에 주인이 돌아왔기에 인사를 하고 입산하여 출가하겠다

선학원의 옛모습

는 뜻을 대략 말하였다. 그때 선학원은 중창기라고 할 만한 시절이라, 많은 사람들을 접대하기 위하여 약간의 악기를 비치하고, 악사樂師를 청해서 간이 습악소習樂所를 설치하였다. 나는 양금과洋琴科의 일원으로서 연습을 하였다. 이렇게 수주간을 다니면서 간간히 주인과 이야기를 나누는 동안에 매우 친근해졌다.

이어서 입산하여 승려 되는 절차에 대한 안내를 간청하였더니, 주인은 먼저 거사계를 받으라고 하였다. 그리고 4월 8일 용성龍城 화상을 초청하는 기회가 있어 거사계居士戒를 받게 되었다. 거사호居士號는 종래 사용하던 동초動初 그대로 하고, 다음과 같은 글귀를 받았다.

> 두 뿔이 황금인 쇠소와
> 두 발굽이 백옥인 나무 말은
> 설산의 부드러운 향초가 그리워
> 깊은 밤 달을 잡고 앞개울을 건넌다.
> 鐵牛對對黃金角 木馬雙雙白玉蹄
> 爲愛雪山香草細 深夜秉月渡前溪.

'동초'라는 호는 19세 때 서울 낙산洛山에서 일주일간 묵념 끝에 지은 것이다. 간단히 말한다면 일체 사물을 막론하고 우주 전체는 오직 한 움직임 뿐임을 간파했으니, 이 움직임이 비롯되기 전은 진허眞虛

진무眞無라 아무 것도 말할 여지가 없다. 또 움직임이 시작되면서부터 무한히 거듭됨에 따라 공간적으로 동서가 나눠지고 시간적으로 고금古今이 달라 천차만별의 삼라만상이 나타남에 본체는 은폐되고 그림자만 들어나 움직이니, 진선미의 극치는 최초最初의 한 움직임(一動)일 뿐이다. 그래서 그때 호를 '동초' 라고 한 것이다.

주인에게 입산을 안내하라고 독촉하였으나 잠시 기다리라고 해서 또 얼마 동안 있었다.

하루는 주인이, '내일 밤에는 조선에서 수행으로 제일인인 만공滿空 화상의 설법이 있으니 꼭 참석하라' 고 해서 저녁식사를 일찍 마치고 부지런히 주인을 쫓아갔다.

이미 설법을 들으려는 대중들은 법당에 가득하고, 정악전습소正樂傳習所에서 초청한 악대들은 주악의 준비를 마쳤다. 주악이 끝나자 법사가 등단하였는데, 신체가 장대하고 용모는 준수하여 장부답게 생겼다. 그러나 그 의복차림으로 보아서는 산중 수도인의 복장으로는 너무 화려하고 세련된 것이 눈에 매우 거슬렸다.

좌정하고 곧 『금강경金剛經』 일절을 낭송하니, 즉 '모든 상相(모습)이 있는 것은 모두 허망한 것이다. 만약 모든 상相이 실상이 아니라는 것을 본다면 곧 여래를 볼 수 있다' [1] 하였다. 음성도 좋고 '곧 여래를 본다(卽見如來)' 라 함은 과연 재미있는 말이다.

그러나 소년 초학자가 이러한 소리를 하였다면 그 재주가 가상하다고 등을 한 번 두드려줄 만도 하지만, 고승대덕의 언사로는 너무도 새삼스러울 뿐이다.

또 주악에 대하여 삼현三絃(古樂을 보통 三絃六角이라고 부름)을 들어 우리 불문佛門에도 삼현三玄이 있다고 몇 마디 말을 하는데, 현絃과 현玄을 분간치 못하는 듯 싶고 별 뜻도 없는 '우리 불문'이라는 말이 귀에 매우 거슬렸다. 불문이니 유가儒家니 하고 구태여 꼬집어 부를 것 없이 누구든지 오직 진리만 따를 것이요, 사리의 합당여부만 물을 뿐이지, 불佛이나 유儒나 무엇이건 가릴 필요가 없을 것이다. 더구나 '우리 불문'이라고 하는 것은 아무래도 나는 옳고 다른 쪽은 그르다는 분별심이 내포된 소리 같았다. 요컨대 오늘밤 소감은 호감이라기보다 유감에 가까웠다.

법석法席이 끝나고 내가 나가려고 하였더니 원주 스님이 만류하고, 한편으로는 한용운 화상이 나를 끌고 법사인 만공 스님에게 가서 인사 소개를 하였다. 만공 화상의 태도나 언사가 수도인이다 싶은 느낌은 조금도 없고 교제술에 능한 사회인을 마주하는 것과 같아서 어제 원주 스님이 만공 화상을 칭찬하던 말은 도무지 믿음이 가지 않았다.

원주 스님이 나를 만공회상滿空會上으로 인도하려다가 위와 같은 나의 소감을 듣고 생각을 바꾼 듯, 얼마 후에 한암漢岩 화상에게 소개하는 편지 한 장을 써주었다.

# 오대산으로 떠나다

음력 5월 9일에 서울을 등지고 오대산五臺山을 향하여 떠났다. 첫날은 원주原州에서 1박 하고 다음날은 월정사 위에 있는 여관에서 자고 11일에 상원사上院寺에 도착하였다. 첫눈에 띄는 것은 누더기 입은 노장 몇이 도량에서 이리저리 오가는 모습이었다. 결제結制중에 승려도 아닌 내가 방부들이기 어렵겠지만, '공公적으로는 바늘 하나 들어갈 틈이 없지만, 사私적으로는 수레 다섯 대가 통할 수 있는 융통성이 있다'는 말처럼, 소갯장이 힘을 발휘해서 한여름 지내기를 허락받았다.

선원의 규칙을 따라 대중과 함께 좌선의식을 지키지 않을 수 없어서 방식을 물었다. 조실 스님(方漢岩)이 말씀하시길 '별거 없고 화두話頭를 들고 앉아 있는 것인데, 화두는 '무자無字'나 '시심마是甚麼(이 뭐꼬)' 중 하나를 택하라'고 하였다.

그래서 한참동안 화두를 들어 보았다. 그런데 그 맛이 제삿상에 놓는 긴 젓가락으로 계란을 집는 것처럼 막막하기만 하였다. 그래서 차라리 전일前日에 묵념하던 대로 움직임의 근원을 찾아보기로 하였다. 화두란 것이 많은 수의 대중을 그대로 방치한다면 지껄이고 시끄럽게

상원사 옛모습. 당시 상원사 선원은 참선수행자라면 들르지 않은 이가 없을 정도로 유명했다.

떠들며 잡담이나 해서 살 수 없을 테니까 이를 방지하기 위한 방편으로는 필요하겠지만 그것이 견성성불見性成佛할 수 있는 방식이라고 할 수는 없다.

첫째, 화두는 자작自作이 아니면 안 될 것이다. 어떤 중이 조주趙州에게 구자불성狗子佛性[2]을 물음이 범범하게 이야기 삼아서 물은 것이 아니다. 원래 그 중이 어떻게 해야 불법佛法을 바로 알 수가 있을까 하는 생각이 간절했고, 또 조주는 부처님과 똑같은 분으로서 결코 나를 속이지 않을 것을 확신하는 가운데 한 마디를 물어 본 것이다. 그런데 조주가 대답하는 말을 자기로서는 도저히 이해할 수가 없었다. 어떻게 의심하지 않을 수 있으며 그 의심을 풀지 못하고서야 어떻게 살 수 있으리오.

그러니 그는 밥 먹고 잠자는 것도 잊고 늘 참구치 아니할 수 없으며, 본래 불법이 자기와는 아무 상관도 없는 사람이 예전 이야기 한 마디 듣고 그것을 불철주야하고 들고 앉았을 리가 있는가? 소위 선지식들의 화두결택話頭決擇 한다는 것을 보면, 그들이 평생에 한번도 진실 되게 화두를 들어보려고 해 본 일이 없었던 것을 알 수 있다.

둘째, 참으로 화두를 타파打破해서 견성을 요구할진대 암탉이 알을 품듯 잠시도 그치지 못할 것이거늘, 어찌 입방법入放法이 있을 것인가? 방선放禪만 되면 곧 이야기판이 벌어지는데, 그 화제는 화두 들음에 관한 것이나 선의 이치에 대한 논란이 아니라 『삼국지』나 『수호지』 등의

당시의 월정사 모습

소설이 아니면 정치나 시사문제가 거침없이 돌고 있고, 한껏 불법을 논의한다는 것이 인과설因果說이나 윤회설일 뿐이다. 그리고 소위 격외선지格外禪旨랍시고 예로부터 전래하는 죽비법문竹篦法門[3]이니 병문일아瓶門一鵝[4]니 화사설禍事說[5] 등 몇 가지를 농담같이 나누었다. 그러니 방금 들어온 초학자가 무엇이라고 해보아야 말발이 설 까닭이 없을 것이라 색시처럼 입을 다물 수밖에 없었다.

소갯장에 그런 말이 쓰였던지 내가 기독교회基督敎會에 간여하였던 일을 대중이 다 알게 되었는데, 하루는 입승立繩[6] 화상이 기독교와 불교의 다른 점을 묻기에 내가 대답했다.

"의식이나 절차 등은 물론 크게 다르지만 그 종취宗趣에 있어서는 같은 줄로 생각합니다. 즉 기독교의 거듭나서 천국에 들어간다는 말은 견성해서 성불한다는 말과 같은 것으로 압니다."

이때에 곁에 있던 조실 화상의 안색이 붉어지더니 높은 소리로, "그게 무슨 소리오. 그까짓 예수교가 불교와 같다는 말이 무슨 말이오?"라며 노기가 등등하기에 조실 화상에게 내가 물었다.

"기독교 서적을 언제 많이 보셨습니까?"

"나는 그까짓 것 본 일 없소."

"그러면 예수교가 무엇인지 알아서 그까짓 거라고 하시나요?"

"예수교 믿는 사람들에게 들어서 알지요."

"(크게 웃으며) 예수 믿는 사람들을 어디서 보셨습니까? 불교가 조선에 온 지 1천여 년이 되었지만, 지금 불교를 제대로 믿는 사람이 조선에 몇이나 있을까요? 현존의 승려나 신도들이 다 참으로 불법의 최고 종지宗旨를 옳게 믿는 자들이라고 할까요? 그래서 누가 그들에게 불법을 물으면 옳게 대답해 줄 수 있을까요? 아마 한두 사람도 있기 어려울 것이외다. 1천여 년의 긴 역사를 가진 불교도佛敎徒도 그러한데, 예수교는 수입된 지 겨우 수십 년에 불과하고, 더구나 무식층 천민계급에 주로 가르침을 퍼뜨렸으니, 그들이 얼마나 옳게 믿을 수 있을 것이오? 그 어리석은 중생들이 전하는 소리를 듣고 예수교를 아신 것입니까?"

이렇게 설왕설래 하게 되자 전 대중이 제 각기 한 마디씩 내놓는 통에 여러 시간이나 크게 말싸움을 하게 되었다. 여기서 나는 또 섭섭함을 느꼈다.

만공당滿空堂에게 유감을 느끼고, 선원 모습에서 불만을 느끼고, 한암 화상에게서 또 섭섭함을 느꼈으니 말세인 탓인가, 중생계는 본래 그런 것인가 하는 회의를 가졌다.

당시에 모인 대중이 한 20여 명 되었으나, 호號를 세탄洗炭이라 부르는 중과 간혹 이야기할 뿐이고, 주로 『선문촬요禪門撮要』[7]를 정독精讀하였지만 잘 이해되지 않았다.

하루는 어느 중이 기미만세사건己未萬歲事件 이야기를 하다가 판사가 용성龍城 화상에게 '어찌해서 만세를 불렀냐' 고 물으니, 대답이 '한용운이 부르라고 해서 불렀다' 고 해서 한참 웃었고, 나도 한참이나 함께 웃었다. 그때에 세탄 화상이 말하기를 '용성 스님이 참으로 도인이라면 마땅히 그렇게 대답할 것이라' 고 하였다. 그때 나는 그 말이 도저히 이해되지 않았다. 만일 다른 사람이 그런 소리를 했다면 대번에 부정하고 말았을 것이나, 가볍게 넘기지 못할 세탄 화상의 말이라 그렇게 할 수 없었고, 그 말은 『선문촬요』와 함께 여름 한철의 나의 과제가 되었다.

대중의 소청으로 매일 한 시간씩 조실 화상이 『선문촬요』를 강의하기로 하였다. 「혈맥론血脈論」이 끝나고 맨 뒤 여러 구句의 게송偈頌 중 '진여심을 구하는데 망심을 기대해서는 증득할 수 없다(求心不得待心知)' 를 새기게 되자, 갑자기 사방에서 질문이 쏟아져 점차 논란 내지 언쟁이 되어 크게 시끄러웠다. 나중에 알아보니 용성 화상은 '마음을 구함

1943년 한암 스님이 조실로 있던 상원사의 하안거에 참석한 스님들이 오대산 적멸보궁 앞에서 기념촬영을 했다.

에 능히 마음 알기를 기다리지 말라' 고 하고, 조실 스님은 '마음(진여심)을 구해 얻지 못하거든 마음 알기를 기다리라' 고 해서 두 파가 설왕설래로 다투던 끝이라고 하였다.

하도 야단들을 치기에 그후 그 글을 한 번 자세히 보니 문법상으로 보아 양방이 다 옳지 않았다.

'待心知' 라는 글은 그렇게 새겨서는 안 되는 것이다. 만일 그렇게 새기자면 '待知心' 이라고 써야 할 것이다. 그러니 이것은 분명코 판각

板刻할 때 글자를 쓴 사람이 將字를 待字로 잘못 쓴 것이다. 행서行書로 쓰면 將과 待가 얼핏 보면 착오되기 쉬울 것이고, 또 전후구前後句를 통해서 전체의 의미를 볼 때에 待字라야 적합하다(편집자 주: 求心不得將心知—마음을 구하여도 마음을 알 수 없다). 야단 통에 그 날은 결론을 얻지 못했다.

다음날에, "「혈맥론」 중에 '불상에 예불하지 말라' 고 역설하셨는데 수좌들이 왜 예불하느냐"고 화상에게 물었다. 화상이 "다른 데 또 예불하라고 한 데가 있다"고 하였다. 어제 예수교 논쟁의 경험이 있는 끝이라 더 묻지는 않았다.

그러나 불가에서 가장 높은 선문禪門의 스승을 이야기할 때는 으레 석가달마釋迦達摩라고 할 뿐 아니라, 우리나라에서 보면 참으로 불법의 진수를 전래한 이는 달마대사이다. 더욱이 선종禪宗에 있어서는 석가보다도 오히려 달마를 더 숭상할 만한 점이 없지 아니하고, 「혈맥론」 중에 이것이 명백함에도 불구하고 다른 데로 좇아간다는 것은 실로 언어도단이다. 외모로만 달마 후예로 가장하였을 뿐이고, 실제로는 다 양무제[8]의 자손들이다.

'선禪이라는 글자는 범부가 헤아릴 수 없다' 라고 하시니, '참으로 진실이로구나' 라고 생각했다.

# 머리를 깎다

7월 보름에 해제解制하고 나도 만행에 나서고 싶다고 했더니, 한사코 중 되기를 권하기로 부득이 조실 화상에게 '현칙玄則' 이라는 승호僧號를 얻고 의복에는 먹물을 들이고 걸망 한 개를 준비하였다. 그러나 다음날에 조실 화상이 남방을 향하여 출발하면서 겨울 한철을 더 나라고 하기에 동행승과 함께 행각을 보류하였다.

8월 10일경 뜻밖에 서울 중앙고보中央高普 선생으로 있는 유경상劉敬相 형이 보낸 편지 한 장을 받았다. 내가 입산시에 가족은 물론 일체 친우들에게도 말하지 않았다. 편지 내용은 별것 없고 안부를 물었을 뿐이기로 다음과 같이 농담 비슷한 답서를 보냈다.

모래 한 알 한 고요한 물에 톡 떨어져
물결 하나 일렁이자 또 하나 물결 따라이네.
한 번 움직이고 한 번 고요한 온갖 행이
참됨 하나 꼭 잡아 하나로 꿰뚫고 있네.
한 번 웃고 일일이 해석하기를 바라네.
一謝
一砂一落一止水 一波一動一波隨.
一動一靜一切行 一把一眞一以貫.
一笑
一一加解至望.

일일가해지망一一加解至望은 '일일이 해석하기를 지망한다'는 말로 보겠으나, 일一을 일日자로 보아 하루만 더하면 망望에 이른 줄로 알라는 뜻이니 그날이 8월 14일이었다. 또 하나는 전문에 일자一字가 14개임을 표함도 된다.

## 만행을 떠나다

8월 하순에 드디어 오대산을 떠나서 남방을 향하여 행각을 시작하였다. 첫날부터 사랑에서 잠을 자기로 하였는데 중의 행색이라 그다지 어려운 일은 아니었다. 그러나 민가에서 이틀밤을 자고 보덕사에 들어가니 사촌 집에 간 것 같았다.

보덕사에서 하루를 쉬고 떠나 3일 뒤 명봉암鳴鳳庵에 다다르니 매우 지치고 힘들어서 덮어 놓고 한 닷새 쉬었다. 그때 그 절 주지 화상이 말하기를 '남방에 가야 지낼 만한 곳이 별로 없을 것이고, 속리산에 가면 노장님 몇 분이 계실 것이니 그리 가라' 고 친절하게 일러 주었다. 그러나 만 번 듣는 것보다 한 번 보는 것이 나을 것 같아서 여러 곳을 대강 돌아본 후에 가기로 하였다.

제5일에 떠나서 대승사大乘寺에 당도하니, 한 골짜기에 고래등 같은 기와집이 빽빽하게 들어찼다. 한편에는 강원이 있어 학인들이 수십 명 바글바글하고, 한쪽에는 선원이라 수좌들이 20여 명 웅성거리고 있었다. 승려들의 예의범절이나 살림살이의 제반규모 등 일체가 나로서는 처음 보는 훌륭한 절이었다.

선원 주장主掌 스님이 객실로 와서 밤이 좀 늦도록 담론하고 있었는데(바로 그 윗방이 講主室이다), 학인學人 하나가 와서 말하기를 '밤이 늦었으니 조용히 해달라' 고 공손하게 청했다. 원주 화상의 성격이 좀 괄괄해서 역정스러운 소리로 '이 집이 무엇 하는 집이냐' 고 하니, 그 학인이 두말 않고 곱게 가버렸다. 내가 하도 미안해서 내일 말씀하자고 하고 쉬었다. 그후 3~4일간 체류하였으나 그들에게는 아무런 불평스러운 기색이 없었다. 도리어 원주 화상이 나의 논쟁에 염증이 나서 입방入傍을 거절하였다.

# 직지사

걸망을 둘러메고 김룡사金龍寺 · 남장사南長寺 · 용흥사龍興寺 등을 거쳐서 직지사直指寺에 이르렀다. 선원을 주재主宰하는 화주 화상이 대구에 가고 4~5명의 수좌들과 감원監院이 있을 뿐이었다. 6~7만 리 길을 걸은 끝이라 피곤하기도 하고, 벽안당碧眼堂을 지키고 있는 중과 감원 스님이 있으라고 해서 화주 화상이 돌아오기를 기다리기로 하고, 그만 객실에 가서 누워 버렸다.

4~5명인 수좌 중에는 호를 정광淨光이라고 하는 이가 있었는데, 아주 올깍이라 중의 집안 일은 무엇이나 다 잘 알았다. 보통학교를 1학년부터 졸업 때까지 2등으로 마쳤고, 강원을 수료한 후 10여 년 간 선원생활을 계속하는 중이었다. 무엇이나 이이 에게 많이 들어 배웠다.

한번은 혼해混海[9] 화상이 찾아왔었다. 이 승려는 대승사에서 여러 차례 담론했던 승려인데, 일부러 나와 동무하기 위해서 왔었다. 이이에게서도 많이 듣고 배웠다.

직지사의 옛모습. 경북 김천시 대항면 운수리에 있다.

김룡사의 옛모습. 경북 문경군 운달산에 있다.

10월 중순에야 화주 화상이 돌아왔다. 그 동안에 모인 수좌는 17~18명이나 되었고, 모두 그대로 입방되어 결제식을 거행하였다. 나는 명등明燈(등불을 켜고 끄는 직책) 소임을 맡았다. 어느 날 새벽 기침起寢 쇳소리를 듣다가 홀연히 격외율格外律 한 수가 떠올랐다.

삼계가 모두 공하나
오로지 빛 한 점만 있도다.
나타나도 나타난 자리가 없고
숨어도 숨은 것을 알지 못하네.
三界都是空 惟有一點光. 現而未有處 隱亦不知藏.

소위 격외율은 운韻도 없고 염簾(평측)도 맞지 않는 것을 말하는 것이니 시를 모르는 사람들이 이렇게 쓰는데 나도 종종 썼다.

또 어느 날 격외율 한 수가 머리에 떠올랐다.

부귀와 재물은 내게 오래 머물지 않고
때와 장소에 따라 모두 흩어져가는구나.
세상에는 옳은 것도 없고 옳지 않은 것도 없으니
귀로 듣고 눈으로 보아도 마음은 흔들리지 않는다.
高臥住物不住己 隨時隨處而逍遙.
天下無可無不可 耳聞目見心不動.

정초에 큰절에서 『화엄경』「입법계품立法界品」 살림을 한다고 해서 선원 대중이 다같이 참석하기로 하였다. 선재동자善財童子가 53 선지식을 차례로 방문할 때에, 한 선지식을 처음 만날 때마다 반드시 먼저 한마디 한 말이 있었다. 즉 '내가 이미 아뇩다라삼먁삼보리를 발하였으니, 원컨대 나에게 법을 설하소서, 내가 어떻게 보살도를 행하며 어떻게 보살행을 배우리까' 했다. 이 교가 불교요, 이 경이 불경이오, 또 우리의 궁극적인 목적이 다 성불成佛에 있거늘, 어찌해서 선재는 불도佛道와 불행佛行(부처님의 행위)을 묻지 않고 보살도菩薩道 · 보살행菩薩行을 물었을까? 이것을 강주講主 스님과 다른 알 만한 이에게 물어 보았으나 명쾌하게 해석해주는 사람이 없었다.

## 곡차를 뿌리치다

정월 보름에 해제가 되니 그 이튿날부터 하나씩 둘씩 다 흩어지고, 이 게으름뱅이만이 곡우절에야 겨우 걸망을 지고 우선 해인사를 향하여 떠났다. 70리나 되는 청암사靑岩寺에 들어가니 반년간이나 쭈그리고 앉았다가 첫날에 너무 걸은 탓인지 매우 피곤했다.

때마침 거자수 마시러 온 사람들이 도량 내외에 꽉 차 있었다. 큰방 마루 끝에 걸망 짐을 내려놓고 방 안을 들여다보니, 사람들이 신발을 신은 채 그냥 드나들어서 장판인지 마당인지 분간하지 못할 지경이 되었다.

부전 스님이 빗자루를 들고 부지런히 설치더니, 반 시간 동안이나 쓰레기를 치웠다. 그리고 걸레를 들고 들어가서 아랫목 편으로 방의 4분지 1쯤을 닦아 내었다. 그런 후 스님은 내 걸망을 들고 '이리 들어오라' 고 안내를 하였다. 윗목에는 아직도 먼지가 뿌옇게 덮여 있었다. 어찌 되었든 그 많은 사람들을 다 내쫓고 큰방을 혼자 차지하고 앉아 있으니, 아직도 승단의 질서가 조금은 남아 있는 것 같아 마음이 무던하였다. 며칠이 되든지 피곤이 다 풀릴 때까지 이 큰방을 독차지하고 앉았을 판이었다.

하루는 감원監院 스님이 다정한 듯이 내 곁으로 오더니 나에게 말을 걸었다.

"스님 저기 좀 가십시다."

"어디오?"

"곡차 한 잔 잡수시러 가십시다."

"나는 술 먹을 줄 모릅니다."

"아 음주식육飮酒食肉(술 마시고 고기 먹는 것)이 무방반야無妨般若(지혜에 방해가 되지 않는다)인데, 뭘 그렇게 소승률사小乘律師같이 고집할 것 있습니까?"

"(껄껄 웃으면서) 내가 벌써 죽었다고 하면 곧이듣겠습니까?"

"(한참 고개를 갸웃거리더니) 무슨 말씀인지 모르겠습니다."

"음주식육이 무방반야라는 말은 어떤 무심 도인이 술을 마시되 술이라는 생각이 없고, 고기를 드시되 고기라는 분별이 없음을 곁에 있는 사람이 보고 한 말일 겁니다. 술 · 고기를 먹는 사람 자신이 그런 소리를 할 수는 없을 것이니, 술을 술인 줄 알고 고기를 고기인 줄 알며,

또 무방반야까지 알았다면, 이것은 무심도인無心道人이 아님을 주장하는 것이니, 어찌 죽은 사람이 내가 벌써 죽었다는 것과 다르리오? 더구나 내가 술 · 고기를 먹으면서 사람들의 비난까지 예상해서 그 방지책으로 '음주식육이 무방반야' 라고 외친다면 누가 곧이들을 것이오?"

감원이 한참동안 고개를 숙이고 있다가 말없이 인사하고 물러갔다.

그 이튿날, 방이 좀 더워서 창을 열고 앉았더니 한 주모(그때 다른 방은 전부 술집이었다)가 창 밖에 와서 공손히 절을 하였다. 그러더니 '이 다음에는 다시 오지 않겠습니다' 라고 하였다.

내가 한 마디 하였다.

"내가 언제 오라고 한 일도 없거니와 또 오지 말라고 한 일도 없소. 당신 마음에서 생각나는 대로 하시오."

# 해인사

푹 쉬고 나서 또 떠나 목통령을 넘어 해인사에 들어갔다. 넓은 집은 텅 비었고, 어디서 17~18세나 되어 보이는 사미沙彌 하나가 와서 내 걸망을 받고는 길을 안내하기에 따라가보니 여관이었다. 음식이나 침구 등이 절보다 훨씬 나았다. 그러나 너무 서운하고 또 싱겁기 짝이 없었다.

다음날에는 백련암白蓮庵으로 가서 하루를 쉬었다. 그리고 대구 쪽을 향하여 떠났는데 첫 목적지를 반룡사蟠龍寺로 정했다.

한 20리 내려오니 비가 오기 시작하기에 사랑방이 있는 집을 찾아 들어갔다. 마침 주인 혼자 누워 있기에 나도 따라 누웠다. 누운 지 한참 후에 점심을 먹고 또 누워서 한잠을 잤다.

얼마를 잤을까 문을 열고 내다보니 여전히 비가 내리기에 한숨만 쉬고 있는데, 주인이 말을 걸었다.

"어디를 가시려 합니까."

해인사의 옛모습

행각하는 이야기를 대강 했더니 주인이 대답하였다.

"아무데서나 쉬어가면 그만이지, 반룡사에 꼭 갈 것 있습니까?"

세간에는 모진 사람보다 착한 사람이 많다.

# 도리사

올 여름은 대구大邱에 측후소를 설치한 이래 처음 겪는 더위라고 하기에 한 번 체험하고자 산 속에서 일부러 나왔다. 대구에서 수일간 돌아다녀 보니 과연 더위를 견디기 어려워서 그만 도리사를 향하여 기차를 타고야 말았다.

차 안에서 생각하니, 아무일 없는 사람이 무엇 때문에 바쁜 사람이나 탈 차 안을 비좁게 하는가, 싶어서 약목역若木驛[10]에서 그만 내렸다.

걸어서 수일 후에 목적지에 도달하니, 혼해 화상이 반가이 맞아주었다. 그때 도리사는 운봉雲峰[11] 화상이 조실 겸 주지로 있었는데 입방을 교섭해서 승낙을 얻어 해제하고 또 추석까지 지냈다.

도리사의 옛모습

# 동화사

유가사 · 용연사龍淵寺를 거쳐 금락사琴洛寺에서 낯익은 수좌들을 만나 많이 지체하다가 팔공산八公山 동화사桐華寺 금당선원金堂禪院을 찾았을 때는 4월 13일 황혼이었다. 너무 늦게 도착함을 책하면서, 식량부족으로 방부傍付받을 수 없다기에 며칠 간 쉴 것을 청했더니, 원주 화상이 허락하였다.

며칠 후에 원주가 다시 떠나라고 하였다. 이유를 물으니 큰절 주지 화상의 명령이라고 하기에 모른 체하고 며칠을 있었더니, 원주가 매우 걱정스러운 낯으로 가기를 독촉하였다. 있으라면 있고 가라면 가는 것이 분수에 맞을 일이지만, 시비심을 놓아버리지 못한 나는 그만 장삼을 입고 큰절 종무소에 찾아갔다. 주지는 없고 삼직三職들만 있다가 내가 들어서면서 '주지 스님 좀 뵈러 왔다' 고 하니, 그들은 매우 당황한 듯이 아이를 불러서 주지 화상을 곧 모셔왔다.

"나는 명색이 수좌라는 중으로서 오늘밤을 금당선원에서 지내기

동화사의 옛모습

로 하였는데, 원주 스님이 별안간 가라고 하기에 그 이유를 물었더니, 주지 화상의 명령이라니 그 연유나 좀 알고 가려고 왔습니다.”

“우리 중은 인사人事하는 법法이 있는데 그 법을 행치 아니한 연고입니다.”

“(한 번 웃은 후) 나는 내 체질이나 근성이 불법을 배울 사람이 못 되는 탓인가 해서 좀 놀랐더니 그런 것은 아니구려. 그 인사쯤이야 그다지 큰 문제가 될 것은 아니겠지요. 속담에는 인사에 선후가 없다는 것인데 내가 늦깍이라 승풍僧風을 잘 모르고, 선후의 규정이 엄격하다 하더라도 먼저 아는 사람이 아직 알지 못하는 사람을 잘 알게 하는 것이 당연히 할 도리인데 모르는 사람은 다 쫓아내는 것이 옳은가요?”

“아니 그런 게 아니라 그 인사범절을 보니 필시 속인俗人인가 해서 그런 것입니다.”

“불법은 승려의 전유물이 아닐 것이고 아무쪼록 모든 속인들에게도 널리 전파해야 할 일인데 속인이라고 해서 내쫓아요?”

“아니 그런 것이 아니라, 선원의 경비가 부족해서 승객僧客도 접대하기 어려운데 속인까지 접대할 수가 없다는 것이외다.”

“견성성불見性成佛을 하자고 하는 판에 승속을 그다지 가릴 일도 아니고 또 속인은 으레 다 넉넉할 것도 아니지만, 그렇다 하더라도 ‘너는 식량이 넉넉하니 네 양식을 갖다 먹으라’ 고 할지언정 가라고 할 일은 아니겠지요?"

말하면서 생각해 보니 이 말끝에는 주지 화상이 대답할 말이 없을 것 같았다. '개를 너무 막다른 골목으로 몰아세우지 말라'는 말이 있듯이, 너무 추궁할 일이 아니다 싶었다.

"너무 내 말만 옳다고 해서 미안합니다. 본래 시비를 가리러 온 것이 아닙니다. 기왕 원주를 두신 이상 웬만한 것은 원주 스님께 맡기시고 너무 지나치게 간여하지 마십시오. 나 같은 사람도 좀 편히 얻어먹다 가게요. 그만 건너가렵니다."

일어나면서 삼직 스님들을 향하여 큰 소리로 말하였다.

"아, 그 인사 잘할 줄 아는 이들, 모범 좀 보여 보시오."

모두들 일제히 기립해서 경례하였다. 그 후 주지 화상과 삼직 스님네와 각별히 친절해졌다.

# 남쪽으로 길을 떠나다

# 통도사

그 사이에 혼해 화상은 수정사水淨寺로 가고 정광 화상이 직지사에서 왔다. 조실 화상에게 동안거를 예약해 두고, 정광 화상과 같이 남방 일대를 행각키로 하고 음력 8월 16일에 출발하였다. 팔공산 안팎을 둘러서 영지靈芝를 거쳐 신라시대 8대 가람伽藍 중 하나이던 운문사雲門寺를 보고, 깊숙하고 그윽한 운문재를 넘어 석남사를 거쳐 통도사通度寺에 이르니 과연 이 나라 제일의 거찰巨刹이었다.

그러나 절에 들어서면서부터 눈에 거슬리는 것이 몇 가지 있었다. 가람 자체가 스스로 증거하고 있는데, 구태여 '국지대찰國之大刹' '불지종가佛之宗家' 라는 간판은 걸지 않는 것이 좋을 것 같았다. 전국 사찰 어디나 다 종무소라 하는데 종무청宗務聽이라 한 청聽자가 너무 우스워 보였다. 도량 중 가장 우뚝하고 헌출한 천자각天子閣 위에 '貴賓室' 이라는 간판을 걸었으니, 남루한 누더기를 입고 걸레쪽이나 잔뜩 집어넣은 걸망 짐을 지고 오는 오래 공부한 스님들을 모시려는 집인지 알 수 없으며, 그리고 주련柱聯 중에는 간혹 서투른 필법이 섞여 있었다.

통도사의 옛모습

범어사 입구 숲길의 옛모습.(일제시대 동래읍 영미헌 사진관 발행 엽서)

'동국제일선원東國第一禪院' 이라는 간판이 걸려 있는 천성산 내원암內院庵[12]이 그때는 거의 빈집 상태임을 보고 바로 범어사梵魚寺로 내려갔다. 우선 좌선실坐禪室과 식당이 따로 있고 또 선실에는 불상佛像이 없고 일원상一圓相만 그린 것이 선찰禪刹 대본산의 색채가 제법 있어 보였다. 그러나 그 원상圓相 앞에 향로, 촛대 등을 늘어놓은 것은 도로묵인 감을 자아냈다.

## 혜월慧月 화상을 만나다

새로 건립된 동래東萊 금정사金井寺에서 행각 중 처음으로 찬잠을 한 번 자 보았다. 부산으로 내려가서 범일동의 안양암安養庵에 들어가니 협수룩한 노인 한 분이 '왔어' 하면서 우리 뒤를 따라 방으로 들어오셨다. 절하고 뵈었더니, 답례 후 채 앉기도 전에 서서 '무엇이 똥글똥글 보고 무엇이 똥글똥글 듣는지 알어' 하고 물으셨다. 정광 스님이 '모릅니다' 고 대답하니 다시 아무 말씀 없이 나가셨다. 그 이튿날 내가 신문 읽는 것을 보시고 '무슨 뜻인지 알어?' 하고 물으셨다. '신문지 한모에서 순順으로 빙 돌아 마치고 또 다른 한모에서 역逆으로 빙 돌아 마치면 마찬가지라' 고 하였더니 또 아무 말씀 없었다.

그 날은 부산시를 일람하고 해조암海潮庵에서 하룻밤 자고 다시 돌아왔다. 일람 중에 배를 몇 개 산 것이 있어서 노장님 계신 방으로 가지고 가서 깎아드렸다. 잘 잡수시는 것을 보고 물었다.

"방이 차지나 않습니까?"

"불 때면 뜨셔."

"금침은 다 있습니까?"

"나무정성국왕대신."

이 '나무정성국왕대신'은 모든 사람의 모든 질문에 대한 일률적인 답사이니 일종의 '다라니'와 같이 아무 의미를 가지지 아니한 말이다. 생각건대 일체 사량이나 분별을 놓아버리는 방편인 것 같다. 지금의 경우에도 첫 물음에는 얼른 걸맞는 대답을 하셨는데, 둘째 물음에는 그만 본색이 나왔으니 즉 쓸데없는 소리 그만 하자는 뜻이다. 일체 세간사가 모두 다 쓸데없는 것인데 더구나 인사범절 따위리오.

일부러 2~3일간 체류하면서 이 스님의 기거동작起居動作을 자세히 살펴보았다. 처음 가는 사람을 보아도 그저 한 마디 '왔어', 수십 년간 슬하에서 시봉하던 상좌나 제자가 여러 해만에 가더라도 그저 '왔어', 할 뿐이고, 다른 말은 하지 않았다.

과연 친소가 끊어진 사람을 처음 보았다. 내가 처음에 '절친소絕親疎'라는 글을 보고 크게 의심하였다. 사람이 어떻게 '친소'가 없을 수 있겠는가. '절친소'는 모든 사람들에게 그 경지에 이르도록 노력하라는 훈계조의 말일 뿐이지, 도저히 그것을 실현하는 사람은 없을 것이라고 단언하였다. 그러나 이 스님을 보고 나의 과오를 깨달았고 선지식 친견의 필요를 절실히 느꼈다.

스님은 소위 고관대작 등 귀인들을 대하거나, 문전걸식하는 거지들을 보나, 거대한 재물을 가지고 오는 대시주를 만나도, 2~3일씩 아니 3~4일씩 밥이나 축내고 가는 우리 같은 객승을 접하는 것과 조금도 다름이 없었다. 나의 명석하지 못한 눈으로 도저히 그 마음 깊숙한 곳까지 살피기는 매우 어려운 일이지만 그만하면 과연 일체상一切相을 여읜 것 같았다. 그 스님의 일체의 행위는 그대로 무상설법無上說法이었다.

경에 이르기를 "어떻게 다른 이를 위해 연설하는가? 상에 집착하지 않고 여여하게 움직이지 않아야 한다"[13]고 하였다.

여기 있을 때에 내가 가끔 독송하는 구절이 있었다.

오늘도 느긋하게 본성에 맡기고, 내일도 느긋하게 본성에 맡기어, 온갖 인연因緣을 따라도 아무런 걸림이 없고, 악과 선을 끊거나 닦지도 않았는데, 소박하고 정직하여 거짓이 없으며 보고 듣는 것이 늘 같아 한 티끌도 상대되는 것이 없는지라 번뇌를 떨어버리려는 애씀이 필요 없으며, 한 생각에도 망념된 정情이 생겨나지 않으니, 어찌 인연을 잊으려는 힘을 빌린단 말이냐?[14]

이 글과 그 스님의 기거동작을 대조하면 모두 부합되었다. 역대 조사들 중에 글과 말은 이 스님보다 훨씬 우수한 이가 많되, 일상생활을 이렇게 한 이는 많지 않을 성 싶었다. 『전등록傳燈錄』 중에도 혹은 살림살이를 힘써 간섭한 이도 있고, 인사나 체면 같은 예절에 구애된 이도 있었으나, 이 스님에게서는 그런 일은 전연 볼 수 없었다. 내가 견성 못한 사람이라 스님의 견성 여부는 판정할 수 없거니와 '분별시비를 모두 놓아 버리고 단지 마음의 부처를 보고 스스로 귀의한다'[15]라 하니, 이 스님처럼 분별시비심分別是非心(옳고 그름을 분별하는 마음)을 놓아버리지 못하고서는 화두를 든다거나 정진을 한다고 할 수 없을 것이다.

그리고 그때 나는 그를 한 번 속여 볼 생각을 했었는데 아무리 해도 속일 도리가 없었다. 재물로도 못하겠고 여색으로도 안 되겠고 명리로도 할 수 없었다. 또 아무리 현묘고상玄妙高尙한 이론으로도 도저히 그를 속일 수는 없게 생겼다. 진짜 다른 사람에게 속임을 당하지 않는 사람이라고 할 수 있었다. 이 스님의 이러한 상태를 보고 세인들이 '침을 잘못 맞아 저런 병신이 되었다' 고 하였다. 그래서 나는 또 격외시 한 수를 읊었다.

> 지혜의 달이 언제나 큰 밝은 빛을 내뿜건만,
> 알지 못하는 것은 눈먼 세상 사람이라네.
> 慧月常放大光明 眼盲世人總不知.

# 지리산 일대를 유람하다

동행한 정광 스님은 안양암에 남고 나 혼자 지리산을 향하여 떠났다. 서림西林 · 장유長遊 · 성주聖住 · 광산匡山 등을 거쳐 통영의 용화사龍華寺를 보고, 고성의 안정사安靜寺와 진주의 옥천사泉玉寺 · 청곡사靑谷寺 등을 거쳐 시내 호국사護國寺에 하루 머물면서 우체국을 만난 김에 도리사 운봉 화상에게 격외율 한 수를 써서 엽서 한 장을 보냈다.

산수를 유람하다가
홀연히 산이 아니고 물이 아닌 경계를 들었네.
산도 아니고 물도 아닌 경계가 있다는데
또한 산이 아님이 아니고 물도 아닌 것이 아니라네.
步步山山水水間　便聽非山非水景.
陸在非山非水境　亦非非山非非水.
*경계境界: 인식 작용의 대상

곤양昆陽 다솔사多率寺를 거쳐 지리산에 당도하여 먼저 쌍계사雙溪寺

쌍계사 대웅전의 옛모습

화엄사의 당시 모습. 전남 구례군 마산면 황전리에 있다.

를 보았다. 그리고 칠불암七佛庵·연곡사燕谷寺·구층대九層臺를 거쳐 화엄사華嚴寺·천은사泉隱寺를 보고, 60리 긴 골짜기를 지나 실상사實相寺에 이르렀다. 상무주암上無住庵으로 해서 영원靈源을 지나 금대金臺에서 하룻밤을 묵었다. 다음날 벽송사碧松寺를 거쳐서 대원사大源寺로 가려고 했었는데, 그때 벽송사에 무슨 사고가 났다고 벽송사 중들이 한사코 만류하기에 그만 법화사法華寺로 갔다.

지리산 구경은 이렇게 끝났으나 대원사를 못 본 것이 아쉽게 생각되었다.

# 도리사桃李寺에 돌아오다

선석사禪石寺와 금오산을 들러서 도리사에 도착하니 10월 14일이었다. 많은 수의 납자가 운집하였고 정광 스님도 있었다. 해인사에 간 주지 화상을 기다려 17일에 결제식을 하기로 하였다.

결제시 법상에서 조실 화상이 '천하에 모든 안다는 자를 내가 우스운 줄로 안다' 고 하였다. 왠지 그 말이 은근히 나를 향한 듯 싶었다. 그때 바로 조실 화상에게 '우스운 줄로 안다는 것 역시 안다는 것' 이라고 반박치 못한 것이 유감이었다.

하루는 대중들이 마당에 나와서 눈 쌓인 금오산을 바라보고 있을 때 정광 스님이 말하였다.

"금오산의 꼭대기가 하얗다.(金烏山頭白)"

스님은 이 말에 대구를 구하였는데, 그때 내가 '내년 봄에 대답하겠다' 하였다.

"내년 봄에 무엇이라고 하려오?"

"황학산이 푸르다.(黃鶴山是靑)"

여기서 황학산은 직지사 뒷산을 말한다.

# 운봉 화상을 다시 만나다

연수암演水庵은 길을 잘못 들어 찾지 못하였다.

할 수 없이 고견암古見庵을 거쳐 해인사海印寺에 이르렀다. 때마침 본말사 주지회의가 있어서 운봉 화상도 오셨다.

사중寺中에서 법문을 청해서 운봉 화상 설법회가 있었는데, 나는 그 때 사정이 있어서 참석하지 못하였다. 법회가 끝난 다음에 운봉 스님 방으로 찾아뵙고, 법회에 참석하지 못한 까닭을 말씀드렸다.

"인사가 분명한 것을 보니 사람이 됐다 하겠군."

세간에서 말이 이쯤 되었다면 다시 없는 칭찬이지만 중들의 사회에서는 일종의 흉 보는 소리이다.

"부처는 사람이 아니거늘 어찌 사람이라고 하십니까?(佛弗人 何謂之人)"하였더니 "편히 쉬거라" 하였다.

# 복천암 시절

# 속리산 복천암으로 가다

1933년 3월 중순에 도리사를 떠나려 하니, 주지 화상이 올 여름에는 윤달閏月이 있어서 5월 보름에 결제할 터이니 그 안으로만 오라고 당부하였다.

우선 수정사에 가서 혼해 화상과 같이 20여 일을 놀았다. 4월 8일 후에 떠나서 의성의 고운사孤雲寺와 안동의 봉정사鳳停寺·광흥사廣興寺 등을 거쳐 예천의 용문사龍門寺에서 비를 만나 수일간 지체하였다. 대승사에 당도하니, 선원은 여전하나 강원은 폐지되고 빈 집이 되어 1년 전에 비해 너무 많이 변하였다.

선원에는 일류 수좌들이 많이 모였고 정광 화상도 있었다. 서울에서 보던 수좌 한 명을 만났는데, 그가 어떤 수좌 하나를 가리키며 저 스님이 공부 잘하는 이라고 하기에, 내가 물었다.

"스님도 공부 잘하시는가 봅니다."

"아니오. 나는 공부할 줄 모릅니다."

속리산 복천암의 옛모습

“스님이 공부할 줄 모르시면서 어찌 저 스님이 공부 잘하고 못하는 것을 아시겠습니까?”

방부를 거절당해 또 나와서 김룡사金龍寺 · 봉암사鳳岩寺를 거쳐 속리산 복천암福泉庵에 당도하니 5월 7일이었다. 산이 수려함은 금강산金剛山의 다음이 될 만하고, 복천암의 위치는 중이 기거할 만하니 명봉암에서 들은 말이 허언이 아닌 성 싶었다.

입방이 불허되어 공양만 큰방에서 얻어 먹고 일체 살림은 객실에서 하기로 하였다. 매일같이 주主는 ‘가라’ 하고 객客은 ‘알았다’ 고 대답만 하였다.

운봉 화상에게 엽서 한 장을 보냈다.

구름이 피어올라 비가 내리니 여기가 바로 속세를 벗어난 산이요 복을 지닌 샘이로다. 또한 한여름을 지낼 만하여 입방을 청했지만, 머뭇거리며 응낙하지 않아 염치를 무릅쓰고 접빈실에 드러누우니, 솔바람은 거문고 소리요 두견의 노래입니다.[16]

운봉 화상으로부터 답이 왔다.

산은 아득한 옛날부터 차가웠고, 신령스런 복숭아는 아도阿道 화상 때도 피웠다. 또 '꽃이 떨어져 산새가 울고, 풀은 졸고 있는 스님 앞에 돋아난다' 고 했다. 이 또한 한여름을 잘 지낸다고 할 만한 것이니 여러 선객禪客과 함께 무생법無生法을 울렸으나, 오직 뛰어난 스님이 뜻대로 되지 못함을 한탄하여, 두 다리를 길게 뻗고 벽에 기대어 앉으니 눈앞에는 겹겹이 강산이 펼쳐있고 귓가에는 소리마다 풍경소리가 들린다.[17]

# 중의 목적이 무엇이냐?

하루는 큰절 중 하나가 와서 말하기를, 일전에 도지사가 와서 대중을 모아 놓고 '중들의 목적이 무엇이냐' 고 묻는데 아무도 대답을 못했다고 하기에, 내가 말했다.

"인간이면서 인간이 무엇인지 모르고 취생몽사하는 것이 속인이고, 인간이 무엇인가를 알아보려는 인간이 중이고, 인간이 무엇인가를 깨달은 인간이 불타이외다. 각하는 지금 어디에 있습니까? 하지 왜."

# 수좌들이 싸우다

하루는 수좌 간에 싸움이 일어나서 한 수좌의 머리가 깨져 피가 철철 흐르는 광경이 벌어졌다. 머리가 깨진 이는 머리를 잔뜩 동여매고 고소하러 주재소로 가고, 하나는 뒷산을 넘어 도망가 버렸다.

이때 나는 선원 질서에 대한 일을 잠깐 생각해 보았다. 규칙을 세밀히 제정해서 감독을 엄중히 하면 저러한 분란은 없을 것이다. 그러나 일마다 걸림이 없고, 곳곳마다 장애가 없는 자유자재한 장부丈夫를 양성하는 집에서 소소한 계율이나 규칙 등으로 일생을 구속한다는 것은 본의에 맞지 않는 일이다. 그렇다고 해서 방임하면 저러한 분쟁이 그칠새가 없을 것이며 게으른 자는 한없이 게으름을 피울 것이고, 모든 괴각乖角쟁이(성질이 사나운 사람)는 곁에 있는 사람을 못 살게 굴어서 편안한 날이 없을 것이다.

무엇보다도 수좌의 자격을 엄밀히 사정하는 것이 옳을 듯하였다. 그렇지만 이 역시 아주 어려운 일이다. 사정기준은 학식의 유무도, 품행의 좋고 나쁨도, 연령의 많고 적음도, 문벌의 귀천도 용모의 미추도,

다 이 일과는 상관없는 것이다. 오직 발심 여부만을 물어야 할 뿐인데, 이것은 투철하고 눈 밝은 도인이 아니면 선발할 수 없는 일이다. 그런즉 이 일은 사실상 불가능이라고밖에 할 수 없다.

흔히들 말하기를 저러한 투쟁이 없이 지내면 잘 지냈다고 하지만, 실제로 그 속내를 살펴보면 아무일 없이 전 대중이 아주 재미있게 지내기나 했다면 그것은 아주 잘못된 것이다. 그들은 서로의 살림살이에 애착을 가져 '투철한 수행'이라는 본업을 전적으로 망각한 것이다. 차라리 저런 분쟁이 오히려 잠시라도 본업을 잊지 않게 하는 기회를 줄 수 있을 것이다.

# 출가 동기를 말하다

그럭저럭 해제가 되어 대중들이 거의 다 흩어졌건만, 날마다 가라고 한 나는 여전히 붙어 있었다. 그때부터는 꽁보리밥에 감자만 섞어서 먹었다.

하루는 80 노령인 원주 스님이 사정을 하시는 말씀이 '스님 때문에 이 늙은 사람이 꽁보리밥을 먹기가 너무 어렵다' 고 하였다. 어지간한 사람 같으면 이러한 사정에야 잠시인들 머무를 일이 아니지만 원래 중은 사람이 아니라 '중이 무슨 밥이라도 명색 밥이란 것을 먹었다면 황감무지할 일이지, 어찌 항상 쌀밥만 먹잘 수가 있을 것입니까?' 하고 못들은 체 했다.

차차 날씨가 서늘해졌고, 객실에 불을 넣지 못해서 방이 차가워 좀 곤란한 적이 있었다. 나무를 해다 땠으면 문제가 없을 것인데, 그 생각은 못하고 날마다 객 오기만 기다렸다. 과연 객은 얼어죽지 않을 만치 왔다. 하루는 두세 명의 객승客僧들이 와서 입산동기를 말하는데, 한 승려가 말했다.

법주사의 옛모습

“나는 어떻게 해야 우리 조선을 좀더 아름답게 만들어 볼까 해서 중이 되었습니다.”

내가 답했다.

“그것은 크게 틀린 생각입니다. 중은 밖으로 향해서 나가는 일체 마음을 전부 돌이켜서 안으로 향하게 하는 것인데, 지금 스님은 안에 있는 마음을 전부 밖으로 내달려야 하겠으니 큰 착각입니다.”

# 살이 쪄서 겨울을 무사히 나다

하루는 그만 떠나 볼까 해서 우선 운봉 화상에게 엽서를 한 장 보냈다.

> 속세도 여의고 산도 여의니 진여본지라 체體요.
> 바람 따르고 비 따르니 자유자재지라 용用이오.
> 서리 떨어지고 안개 날리니 무여열반지라 체體요.
> 복사꽃 오얏꽃 피니 별유천지라 용用이다.
>
> 속리산을 떠나서 참으로 가는 데는,
> 제방산천을 맘대로 유람하다가,
> 깊은 가을 되고 더 볼 여지가 없게 되면,
> 눈 속에서도 꽃이 피는 도리사로 가겠다.[18)]

삼동입방장三冬入傍狀(동안거에 들어가겠다는 말)을 보낸 셈이었다.
이 글을 띄우고도 또다시 멈칫멈칫 눌러 붙을 작정이었다. 그럭저

럭 동안거 결제가 가까워오는데, 워낙 절 살림이 궁해서 수좌들이 왔다가 며칠만 있으면 다 가버렸다. 삼동三冬에 지낼 식구도 많지 않아 쓸쓸할 형편이므로 원주 화상이 하릴없이 나를 쫓아 보낼 생각을 그치고 점차 가까이 하였다.

겨울을 나는 동안 참으로 이상한 일이 있었다. 꽁보리밥에 시래기만 먹었는데 평생에 처음으로 살이 뚱뚱하게 찌는 것이었다. 배꼽이 쑥 들어가고 손과 발이 붓는 것 같아서 놀랬다. 이때 걸망 안에 들어있는 옷이라고는 홑옷 한 벌과 겉옷 윗도리 한 개가 있을 뿐이었다. 여기서 누가 승복을 시주할 리 없을 것이고, 절에서 내 옷 해줄 리는 만무한 처지이니 종래 지내던 예로 보아서 도저히 겨울을 무사히 지낼 가망이 없었는데, 천만 뜻밖에도 살이 쪄서 조금도 어려움 없이 너끈히 지낼 수 있었다. 실로 불가사의였다.

속담에 아욱이나 배추 뿌리가 깊이 박히면 그해 겨울이 춥다고 한다. 이 말이 과연 사실이라면 여름에 난 아욱이나 가을에 난 배추가 그해 겨울이 추울 것을 미리 알고 얼어죽지 아니할 준비로 뿌리를 깊이 박는다는 말인데, 그것들이 의식적으로 아는 것은 아닐 것이다. 그러나 알기는 알았으니 아는 도리가 따로 있는 것이 사실일 것이다. 그러면 아욱이나 배추뿐이 아니라 사람도 의식적으로는 알지 못해도 그 무엇이 아는 도리가 있어서 준비작업까지도 하는가 의심했다.

1934년 정월 15일, 동안거가 해제되면서 곧 큰절 염불당 원주 스님이 복천암으로 왔다. 그에게서 동복 한 벌을 얻어 입었고, 살은 빠져서 몸이 원래대로 돌아왔다. 이발기계도 없고, 칼로 깎기는 싫어서 그냥 있었다. 4~5개월만에 큰절 중이 기계를 가지고 와서야 머리를 깎았다.

# 협잡꾼 선지식

2월에 큰절 중들이 협잡꾼 선지식에게 속아서 복천암 감원을 임명했다. 전 원주 스님은 갈래산葛來山 정암사淨岩寺로 가고, 한 노장은 금강산으로, 두 노장은 큰절 염불당으로 가고, 나는 나한전羅漢殿 노전爐殿[19]으로 귀양을 가니, 나로서는 사실상 이상적인 토굴살이였다. 큰방과는 50미터 미만 거리인데 동산이 하나 가려 있어 영판 다른 세상이고, 밥은 큰방에 가서 얻어 먹고 불은 부목이 때주기로 한 것이었다.

이 늦깍이 하나를 숨겨 두고 써먹어볼 생각이 있었던지, 가끔 찾아오는 사람이 있었다. 어느 날 이른 아침에 양복 입은 신사 한 분이 와서 법문을 청하기에 나는 아무것도 모르는 사람이라고 하였다.

"원주 스님에게 다 들었습니다. 너무 사양하지 마시고 좋은 법문 좀 해주십시오."

"원주 스님에게 무슨 말씀을 들으셨습니까?"

"스님이 선지식이라고 하셨습니다."

“허허 손님이 속으셨습니다. 원주 스님이 선지식이 아니면 내가 선지식인 줄을 알 수 없을 것입니다. 그러면 나를 선지식이라고 소개할 그때에 얼른 그 원주 스님을 잡고 법문을 청하실 일이지, 무엇 하러 여기까지 오신 것입니까?”

또 하루는 대학생 몇이 여름방학이라고 와서 며칠 동안 머물렀다. 어느 날 바둑판을 놓고 나를 청하기에 가서 함께 두었다. 원주 스님이 저 손님들이 ‘스님의 말씀 한 마디 듣기를 원한다’고 소개하기에, 내가 아무것도 모르는 사람이라 무슨 드릴 말씀이 없다고 했다. 서로가 이말 저말 하다가 결국 ‘분명하게 알아서 구하는 것이 없으면 정말 도인의 행동이다’[20]라는 달마 법어를 잠깐 알기 쉽게 설명하였다. 그랬더니 원주 스님이, ‘구하는 것도 없고 욕심도 없는 것이 도로 들어가는 첫 관문[21]’이라고 하였다. 그때 나는 가진 것 최고법最高法을 설한다고 한 것인데, 도道에 들어가는 첫 관문이라고 바르게 평하는 것을 보니 비록 협잡꾼이지만 선지식의 가시랭이가 보였다.

아닌게 아니라 그 소소한 구절에 구애되지 않는 호방무애한 기상은 놀랄 만한 점도 없지 않고, 마음에서 실천하지 못해서 협잡꾼을 면치 못하나 구설口說만은 재주꾼이라고 아니할 수 없다. 마음으로 행하지 않는 자의 신용은 오래갈 수 없었다. 오래지 않아 여러 가지 허물이

드러나게 되었고, 감원은 재임한 지 약 반 년만에 가버렸다. 그리고 염불당에 있던 혜월慧月[22] 노장이 원주가 되어서 올라왔다. 이어서 전에 있던 노장들이 다시 운집하였다. 바뀌어온 그 전 원주 노장은 나를 보고 "스님은 과연 머물러 있는 곳마다 안락국安樂國입니다" 하면서 좀 이상한 기색을 보였다.

# 왕대밭에서 왕대가 난다

하루는 한 승려가 와서 나에게 말했다.

"스님은 선지식 스님의 시봉이니까 공부 잘하실 것입니다."

"우리 스님 선지식이 내게 무슨 상관이 있단 말이오?"

"그게 무슨 말씀이오? 왕대밭에 왕대가 나는 법이지요."

논쟁을 하다가 져본 일이 별로 없었으나, 이번에는 내게 과히 해로운 말도 아니어서 그만 못 이기고 말았다.

# 혼해混海 화상

운부암雲浮菴에 와 있는 혼해 화상에게서 엽서 한 장이 왔다.

팔공산은 금성산인데
속세를 벗어난 모습은
훤출한 모습을 이뤘네.
八公山是金城山 俗離形容隔別成.

내가 답을 보냈다.

금성산은 본래 산이 아니고
세속을 벗어나도 두드러진 것이 없네.
그대에게 노래 한 곡 불러주니
꽃은 화창하게 피고 풀은 푸르네.
金城本非山 俗離亦無隔.
爲君唱一曲 花明靑草頭.

혼해 화상에게서 다시 답이 왔다.

그 밖에 한 가지 일이 있으니
여울가에서 고기를 낚았네.
者外有一事 魚釣白灘頭.

하루는 혼해 화상이 팔공산 운부암에서 통도사 백련암으로 겨울을 나러 갔다는 엽서를 받고 그 사실을 다시 격외율로 시를 썼다.

구름은 천만 길로 높이 피어올라
비가 되어 백련암으로 떨어지네.
꽃과 잎사귀는 인연을 따라 떨어져도
오로지 뿌리는 변하지 않고 있다네.
雲浮千萬丈 成雨降白蓮.
花葉隨緣落 唯有不變根.

혼해 화상에게서 또 연하장이 왔다.

어떤 것이 설날의 모습인가?
如何是元旦樣子?

내가 다시 답장을 보냈다.

본래 세월이 없는데 설날이 언젠지 어찌 알겠는가?
本來無曆日 元旦憑何得?

# 3년 뒤에 다시 물으라

외따로 있으니 봄 가을로 모여드는 구경꾼들이 흔히 말을 붙이려 들었다. 묻는 말은 으레 고향이 어디며 속성俗姓이 무엇이냐고 하는 것들이었다. 하도 물어서 좀 귀찮을 지경이었다. 어느 날 선비 한 분이 마루 끝에 걸터 앉더니 이렇게 물었다.

"기어코 물을 바에는 좀 물을 만한 것을 물을 일이지 내 고향이나 속성을 알아 무엇 하실 것이오?"

"그럼 무엇을 물어야 하겠소?"

"요새 도시에 나가 보면 그 화려하고 찬란한 시설이며 생활의 안락이 극에 달한 이때, 그 모든 것을 다 버리고 이 심산유곡에 와서 적막한 생활을 하고 있는 것이 무슨 까닭인가 한번 묻지 않소?"

"글쎄 참 그렇소이다. 그 무슨 까닭이오?"

"억지로 시켜서 묻는 말은 내가 대답하고 싶지 않소. 당신 스스로 생각해 보시오. 3년간 생각해도 모르겠거든 그때 다시 와서 물으시면 대답하리다."

# 힘센 놈이 선지식이다

객수좌客首座가 여럿 모였는데, 그 중 한 사람이 다른 사람에게 '미시무구未時無口의 뜻을 아느냐' 고 물으면서, 자기는 잘 아는 듯이 의기양양한 태도를 보이기에 내가 물었다.

"미시무구가 어디 있는 말이냐?"
"육조六祖 스님이 임종시에 하신 말씀이오."

『단경壇經』을 열람해 봤더니, 스님 임종시에 어느 중이 "지금 가시면 어느 때 또 오시겠느냐"고 물으니, 그 대답에 "잎 떨어져 뿌리로 돌아가니 올 때는 입이 없다(葉落歸根來時無口)"라 하였다. 마치 격외선담 같기는 하나 『단경』을 전부 통람해봐도 이러한 격외담이 없었다. 『금강경주해金剛經註解』에도 이러한 격외담이 도무지 없었다. 어찌해서 이 대목에만 평생에 안하시던 격외담을 하셨을까 의심되어 자세히 생각해보니, 그 口字가 日字의 오사誤寫인 것 같았다. 반행서체半行書體로 쓰면

日字가 口字같이 될 때가 많으니, 예컨대 一月 十日이라 한 日字를 따로 보면 口字로 볼 수 있었다. 즉 '葉落歸根하니 來時無日'이라 잎이 떨어져 뿌리로 돌아가니 다시 올 때는 정해진 날이 없다고 하신 말씀이었다.

공자孔子 말씀에도 '아는 것을 안다고 하고, 모르는 것을 모른다고 하는 것이 아는 것이다[23]'라 하셨다. 근거를 얻을 수 없고 조리를 찾을 수 없는 격외담을 각자의 알음알이로 억측한 것이 같기를 바랄 수는 없을 것이다. 덮어놓고 각각 제 것이 옳고 네 것은 그르다고 해서 소위 공부 좀 한다고 하는 수좌들 간에는 가끔 대난투가 일어나서 유혈극을 빚기도 했다. 또 영할맹방靈喝盲棒은 한 걸음을 넘어서 치할광방痴喝狂棒이 되어 평소의 감정풀이로 사람을 함부로 두드려 패는 선지식이 수두룩했다. '요새 선지식은 힘센 놈이 제일'이란 말까지 들었다.

# 경의 말씀을 믿지 않는 세태

하루는 강주講主 화상이 한 분 오셨기에 물었다.

"경經 보는 이들이 경의 말씀을 믿지 않습니다."

"그럴 리가 있습니까?"

"범소유상凡所有相이 개시허망皆是虛妄이란 말씀을 믿습니까?"

"부처님의 말씀을 어찌 안 믿을 리가 있습니까?"

"일체가 눈에 분명히 보이고 손에 역력히 만져지는데 어찌 허망이라 하겠습니까?"

"생로병사와 성주괴공成住壞空의 법칙이 있어서 일체 생물은 필경 죽고 마는 것이고 성주된 물건은 필경 괴공하고 마는 것이라 다 허망한 것입니다."

"가령 아름다운 소녀가 여기 들어오는데 그녀가 늙으면 아주 보기 싫은 쭈그렁바가지가 될 것이고, 또 한번 숨이 떨어지면 아주 추악한 송장이 될 것을 누구나 다 잘 알겠지만, 그렇다고 해서 그 여자가 아름답게 보이지 않겠습니까?"

"……"

"경을 보는 이들이 어떠한 방법으로라도 일체가 참으로 허망해지기까지 노력하지 아니하면 그는 경을 믿는 것이 아닙니다."

# 영리한 노장

어느 날 제사가 들어 별식이 좀 있어서 염불당에 있는 그 전 원주 노장을 청했더니 올라왔다. 제사가 끝나고 상을 물릴 때 노장을 보면서 '이까짓 걸 얻어 잡수려고 10리나 되는 델 오셨어요?' 라고 내가 말했다. 이것은 아주 분수 없는 철부지가 함부로 하는 소리같이 되어 노장의 처지는 매우 딱할 수도 있는 형편이었다. 그러나 그 영리한 노장은 조금도 서슴없이 눈을 흘기면서, '에이구, 그까짓 걸 또 혼자만 먹으려구 그래' 하면서 입을 삐죽거렸다. 과연 재주꾼이었다.

이 노장이 어느 때는 아이들에게 『초심初心』을 일러주다가 '儻有諍者어든 兩說로 和合' 이란 구句의 양설兩說이 무엇이냐고 묻기에, 처음으로 『초심』을 한 번 읽게 되었다. 뒤에 '理懺事懺으로 可以消除(이참 사참으로 없앨 수 있다)' 라는 글에서 위의 양설은 이사理事 양설임을 알았다. 즉 쟁자諍者들을 향하여 사事로 너희가 부모형제를 여의고 출가입산함은 일대사를 판가름하기 위함이거늘 어찌 그 자질구레한 일로 다툴 일이며, 또 리理로 일체는 허망무실이거늘 그까짓 일에 다툴 것이 무엇이냐고 타이르라는 뜻이다. 이렇게 설명하였더니 그 영리꾼도 이번은 고개를 숙였다.

이 노장이 후에 또 복천암 원주로 있을 때 수좌 하나가 너무도 무례무염無禮無廉(예의와 염치도 없음)한 짓을 하기로 그를 논평하였더니, 노장이 거기에 동의하는 빛은 조금도 없고 엉뚱한 소리만 해서 밉살스러웠다. 그러나 후일에 그 일을 생각하니, 내가 그때까지도 세탄 화상에게 들은 법어法語를 잘 이해하지 못한 탓으로 세속적인 옳고 그름에 집착하고 있어서, 그 노장이 속으로 웃으면서 네가 아직 멀었구나 한 듯싶어, 지금도 그 일만 생각하면 부끄러웠다. 5~6년간 동거 중 그는 한번도 남에게 듣기 싫은 소리를 안했다.

## 꿈에 본 부처님

근래에는 도시에 살림살이가 넉넉한 선방이 많아서 복천암같이 궁벽한 곳에는 젊은 중은 없고 노장들만 모여 있어 일체 공양도 노장들이 다 스스로 준비했다. 한번은 늦깍이 노장이 숭늉을 돌리는데, 한 국자 푹 떠가지고, 온 대중에게 나누어 주는 것을 보고 '한 국자면 됐어(一以灌之)[24]' 라 하였더니, 꿀병같이 입을 봉하고 사는 석상石霜(속성 장씨. 1939년부터 법주사 주지를 지냄) 노장도 빙그레 웃으며 입을 열었다.

'일이관지一以灌之' 였던 시주가 일주일 기도를 마치고 회향일 밤에 큰방에 와서 전 대중에게 이야기를 한 마디씩 하는데, 나도 피할 수 없어서 꿈 이야기를 한 마디 하였다.

어느 날 꿈에 어디를 갔더니 많은 무리들이 모여서 제 각각 무엇이라고 떠드는데 그 곁에 가서 들어보니, 각각 제가 부처님을 바로 보았다는 소리였다.

그때 내가 높은 곳에 올라서서 모두 조용히 하고 내 말을 좀 들으라고 하였다. 그렇게 떠들기만 할 일이 아니라 한 사람씩 자기가 본 대로 말해보자고 하였다. 그 중에 가장 어리석은 무리들 중에서 한 사람을 세우고, 네가 본 부처님의 형용形容을 말해 보라고 하였다.

그가 말하기를 '내가 본 부처님은 두 분이 길 양측에서 마주보고 서 있는데, 옷을 입지 않고 전신은 적색이며 팔과 다리는 없고 두 눈이 툭 불거지고 이는 엉성한 것을 내가 분명히 보았다' 고 하였다. 한편에서 박장대소하면서, '그것은 장승이지 부처님이 아니다' 라고 하였다. 그 무리 중에서 또 한 사람을 지적하여 '그러면 네가 본 부처님을 말해 보라' 고 하였다.

그가 말하기를 '그 장승 있는 데서도 한참을 더 들어가면 아주 훌륭한 기와집 안에 양쪽으로 두 분씩 마주보고 섰는데, 몸이 훤칠하게 크고 우람한 체격에 얼굴이 희고, 한 손에는 장검을 빼서 높이 들고 한 발로는 악마를 밟고 서 있는 것을 내가 분명히 보았노라' 고 하였다. 한편에 앉아있던 가장 점잖아 보이는 무리들 중에 한 사람이 싱긋싱긋 웃으면서 말했다. '그것은 사천왕四天王이고 부처님이 아니다. 정말 부처님을 뵈려면 거기서도 더 들어가서 5색色으로 단청한 대웅전을 들어가면 높은 탁자 위에 32상相과 80종호種好를 갖추고 계신 이다' 라고 순순히 설명하는 것이 가장 옳은 부처님을 본 것 같았다. 그러나 저편을 바라보니 덕지덕지 기운 누더기를 입고 만사를 잊은 듯이 잠잠히 앉은 이가 아무래도 옳은 듯 싶어, 나는 그에게로 달려가서 공손히 예배하고 참 부처님을 물었다.

그는 과연 조금 후에 겨우 입을 열어 말하기를 '모든 상이 있는 것은 모두 허망한 것이다. 만약 여러 가지 상이 실상이 아님을 안다면 여래를 볼 수 있다. 물질적인 측면에서 나를 보고자 한다거나 음성으로 나를 구한다면 이런 사람은 사도를 행하는 것이어서 여래를 볼 수 없을 것이다[25]' 라고 하니, 장승이나 사천왕은 물론이고 대웅전 중의 진금색 불상도 상像이지 진불眞佛은 아니다. '참 부처님은 적멸보궁[26]에 봉안된 것이니 오대산이나 사자산 · 태백산 · 통도사 금강계단을 찾아갈 것이 아니다. 그대들 자신이 곧 참된 적멸보궁이고 그 안에 봉안된 부처님이 참 부처님이니, 그 부처님을 보아야 한순간에 원만하게 무량한 공덕을 이룰 것이고, 백겁 동안 쌓인 죄는 한생각에 씻어 없어지게 되리라' 고 할 때 꿈이 깨어 버렸다.

# 부처님 안 계신 곳을 일러라

어느 날 한 수좌가 말하기를 '어느 포교소 법당 정문 앞에서 한 노파가 담배를 피우려할 때, 포교사가 보고 부처님 앞에서 백주에 담배를 피우려드느냐고 말렸다. 그 노파 말이 그러면 부처님 안 계신 곳을 일러 주시오. 내가 거기 가서 피우겠소 하니, 그 포교사가 대답하지 못하였다' 고 하면서, 누가 능히 대답할 수 있겠느냐고 하였다. 내가 말했다.

"내가 일러 줄 수는 있지만 네가 찾아가지 못할 것이다."

"찾아가는 것은 나중 일이고 이르기나 하라."

"하나도 하고 싶은 것도 없고 하나도 하기 싫은 것도 없는 곳을 가면 거기는 부처가 없느니라."

# 시비를 가리지 마라

하루는 『신심명信心銘』[27]이 있어서 보게 되었는데, 벽두劈頭에 이르기를 '지극한 도는 어렵지 않으나 오직 시비를 가리는 마음을 꺼린다(至道無難 唯嫌揀擇)'라는 글을 보고, '시비를 가리지 않는 경지(無揀擇境地)'에 대해 한참 찾아보았다.

가령 공양 시 밥상이 내 앞에 올 때에 제일 맛있는 것을 골라 놨다거나, 염치와 체면 때문에 제일 구진久陳(불단에 올린 지 오래된 음식을 지칭함) 것으로 골라 놨다면, 그것은 두말할것도 없이 간택이며, 그저 잡히는 대로 놨다면 그것은 무간택일까? 아니다, 이 역시 간택이다. 왜냐하면 닥치는 대로 놓는 것은 옳고 그렇게 않는 것은 그르다고 해서, 그른 것은 버리고 옳은 것은 취한 것이므로 이 또한 간택이다. 그러니 '나와 남의 구별이 끊어진 무심인이 아니고는 무간택 경지를 볼 수 없다.'

어느 날은 또 격외율 한 수가 나왔다.

석가모니 부처님은 한 자도 설법한 적이 없고,
달마 대사는 '낡은 신발' 을 남겨 깨우침을 주었다.
釋迦曾無一字說 達摩喻遺雙弊履.

# 너는 이 글을 어찌 새기느냐?

하루는 어느 중이 사미에게 『단경』 한 구절을 일러 주는데, 육조六祖 스님과 회양懷讓 선사 간의 문답이었다.

"어떤 물건이 이렇게 오는가?(甚麼物伊麼來)"

"설사 한 물건과 같다고 하더라도 또한 맞지 않습니다.(設似 一物亦不中)

"더 수행하여 증득해야 되는가?(還加修證否)"

"닦아 증득하는 일은 없을 수 없으나 더럽힐 수는 없습니다.(修證卽不無 污染卽不得)"

이 문답 중 제일 끝문장을 '修證卽不無나 污染卽不得이라' 하기에 내가 말했다.

"그것을 그렇게 해석하면, 첫째 어의語義에 맞지 않다. 조사祖師는 수증修證 여부만 물으셨는데, 오염즉부득污染卽不得이란 말은 군소리고, 또 뜻(意旨)으로 보아서 설사 일물一物이라도 역불중亦不中인 경지에서 수

증즉불무란 말이 당치 않다."

내 말을 듣고 나더니 중의 얼굴이 붉어지며 소리를 높혀 자신의 말이 옳다고 떠들어댔다. 이 모습을 본 곁에 있던 노장이 내 대신 골이 나서, 두 중 사이에 논쟁 내지 싸움이 일어나서 한참 시끄러웠다. 전 대중이 간신히 싸움을 말려놓았다.

어느 중이 다시 『단경』을 펴보이며 나를 향하여 물었다.

"아니 그러면 스님은 이 글을 어찌 새긴단 말이오?"

"(웃으면서) 또 시끄러울까 무서우니 그만 둡시다."

"아니 그럴 일이 아니라 어쨌든지 한 번 들어본 뒤에 싸우든지 말든지 할 일이지, 덮어놓고 스님말만 옳다고 해서야 말이 됩니까?"

"수행하여 증득함이 없는 것이 아니며 마음이 오염되면 증득하지 못한 것이오.(修證卽不無汚染卽不得)"

# 조실의 자격

최초에 『단경』 새기던 스님이 조실살이 하는 스님이라 법에 있어서 남에게 부족함이 나타나면 체면을 보존치 못할 것이니, 응당 그러할 것이다. 그러니 그 조실자리가 아무리 욕심나는 자리라도 함부로 앉을 일이 아니다.

이때 나는 조실에 관한 것을 잠깐 생각해 보았다. 조실祖室이라는 말은 조사거실祖師居室의 약어이고, 조사는 견성성도인見性成道人을 대표하는 호칭이다.

옛날에 양연지楊衍之가 달마대사에게 조祖의 뜻을 물으니 대사가 말하기를 '부처님의 마음을 깨닫되 조금도 어긋남이 없고, 행行과 해解가 서로 응하는 이를 조사라고 합니다'[28] 하셨다. 양연지가 이해하지 못해서 다시 물으니, 대사가 또 말하기를, '악을 보아도 미운 생각이 없고, 선을 보아도 부지런히 닦지 않으며 또한 지혜로운 이를 버리고 어리석은 이를 따르지 않고, 미혹을 등지고 깨달음에 나가려하지도 않는다. 대도를 통달하여 한량이 없고, 부처의 마음을 통달하여 법도를 벗어났다. 범부와 성인을 구별하지 않고 초연한 이를 조사라 한다네[29]' 하셨다.

이것이 모두 견성경계見性境界를 설하신 것이다. 견성은 즉 마음을 보는 것으로, 달마 스님이 관심을 설명할 때에 '조견오온개공照見五蘊皆空'을 먼저 말씀하셨다. 또 육조 스님 말씀에 '스스로 본심을 알고 본성을 보면 만법이 다 통하고 만행이 갖추어진 것이다. 일체를 없애지 않고 모든 상을 보므로 생각마다 머무름이 없으니 이를 일러 최상승이다[30]' 라고 설명하셨다.

이러한 말씀들에 의지해서 깊이 살피건대 일체가 몽환임을 깨닫는 동시에 자아의 무실無實을 요달了達하여 무아도無我道를 증證함이니, 천상천하에 유아독존인 자아관을 고집하는 범부중생으로서는 아주 어려운 일이라기보다 도저히 불가능하다고 해도 지나친 말이 아닐 것이다.

또 이 견성여부를 판정하는 것은 누구라도 지극히 어려운 일이다. 옛날에 황벽黃蘗 스님이 말씀하시기를 '마조馬祖 문하에 성도자成道者가 80여 명이라 하지만 사실은 귀종歸宗 스님 한 사람만이 가깝다고 할 수 있을 뿐이고 그 나머지 사람들은 볼 게 없다고 하였다. 만약 황벽이 옳다면 저 80여 명은 옳지 않아야 할 것이다. 또 만약 저 80여 명이 옳다면 황벽이 옳지 않아야 할 것이다. 양편이 다 옳지 않을 수는 있지만 양편이 다 옳을 수는 절대로 없는 일이다. 후인들은 양편이 다 옳은 줄로 알고 있으니 실로 큰 착각이다.

또 임제臨濟 스님이 문도門徒를 시켜서 덕산德山을 시험해 보고 인정하지 않았다. 또 보화普化 존자는 '임제 이 어린 놈은 눈깔이 하나밖에 없다'[31]라 하였다. 이 모두 위와 같은 논법에 의하여 양편이 그를 수는 있지만 양편이 다 옳을 수는 없는 일인데 요새 사람들이 전과 다름없이 양편 다 옳은 것으로 잘못 알고 있다.

또 예전 중국의 대혜大慧 선사를 당시 제방종사諸方宗師 50여 명이 인가했으나, 오직 원오圓悟 극근克勤(1063~1135, 북송 말기의 승려)만이 부정하였다. 후에 대혜가 중병으로 사경에 이르렀을 때 대혜 스스로 잘못 보았음을 뉘우치고 병이 쾌차하면 곧 원오 스님을 찾아 법을 다시 묻기로 하였다. 그러나 원오 역시 꼭 옳다고 증명할 재료가 없는 것이 한 의심거리였다. 소위 50여 명 종사의 그름은 다시 의심해 볼 여지도 없었다. 그러니 석가모니나 33조사가 갱생하지 않고서야 누가 능히 이 일을 판단할 수 있을까.

그럼에도 불구하고 내가 견성했으니 조실되겠다고 어려움 없이 들어앉는다는 것은, 흑과 백을 가리지 못하는 무지인이 아니면 염치를 차리지 못하는 낯 두꺼운 사람이라고 아니할 수 없다. 또 다수 대중의 추대에 의하여 부득이 취임한다고도 못할 것이다. 세간 지도자, 가령 대통령이나 도지사 등은 민중의 의사를 좇아서 그들이 하고자 하는 것을 추진할 뿐이니, 그들 다수의 추대라면 당연히 취임할 것이다. 그러나 이 일은 그와 전혀 달라서 전 대중의 상상이 미치지 못하는 곳으로 인도할 판이라 만장滿場의 추대도 아무런 의미가 없다. 흑과 백을 분간하는 데는 억천만 명의 맹인들이 외눈 가진 한 사람을 못 당하는 때문이다.

또 적게 아는 자는 적게 일러 주고 많이 아는 자는 많이 가르친다고 하였다. 그러나 이 역시 세간사로만 여기는 소리로, 이것은 '한 번 깨달으면 모든 것을 깨닫게 되고, 한 번 미혹하게 되면 모든 것을 깨닫지 못하게 된다[32]'는 것으로 성공하면 군왕郡王이오 실패하면 역적逆賊이란 말이다. 100%에 99%가 성취되고 1%를 이루지 못하더라도 이는 외도요 불도가 아니니, 터럭만한 차이로도 그 결과는 천지간만큼 벌어지는 까닭이다.

# 부사의不思義 수좌

하루는 또 부사의 수좌가 왔다. 이 수좌는 처신하는 태도가 더할 수 없이 참하였다. 그러나 그 지견의 가부를 알 수 없어서 '부사의'란 별명이 붙었다.

첫째 이 사람은 다른 사람과 친하려고 하지 않았다. 그래서 이 사람에게 다정히 대하는 사람이 하나도 없었다. 그런 까닭에 그다지 큰 허물도 없지만, 어디서나 방부를 받지 않으려 하고 며칠만 있으면 으레 쫓겨났다. 이렇게 어디서나 항상 쫓겨다니지만 그 입에서는 한번도 누구를 원망하거나 비방하는 말을 듣지 못했다. 참으로 불가사의한 일이라고 생각하였다. 그러나 또 곁에서 누가 약을 올리면 골을 내고, 아주 심하게 올리면 사람을 치는 일까지는 없으나, 안색이 붉어지고 언성을 높이고 욕설까지 하며 싸웠다. 또 '부사의'는 그렇게 극렬하게 싸우다가도 딱 그치면 그만이었다. 싸운 표가 조금도 없었다.

그의 얼굴에는 또 색념色念이 조금도 보이지 않았다. 실제로 시험하지는 못했으나 아무리 아름다운 여인과 같이 자게 하여도 마음이 흔들리지 않을 것같이 보였다. 그의 체격은 훌륭하고 용모도 준수하며, 젊은 시절에 오대산에서 30여 명의 도적을 두드려 쫓았을 정도로 장사였다.

세면이나 목욕하는 것을 보지 못하였고, 세탁도 남들처럼 자주 하지도 않았고 또 깨끗하게 하지 않았다. 걸망에 의복을 넣을 때는 한 손으로 푹 집어넣어버리고 차곡차곡 개는 일도 없었다. 어디로 보든지 현대 유일의 진참납자眞參衲子(진리를 참구하는 선승)라고 할 만 했다.

단지 흉이랄 것은 무슨 불평이 있을 때는 밤에 잠을 이루지 못하고 중얼거리는 버릇이 있을 뿐이었다. 또 사람들은 부사의 수좌가 대중운력에 부지런히 참례치 아니함을 시비하지만 그것쯤은 그리 큰 흉이 아니었다. 지견까지 옳은 지견을 가졌다면 다시 더 말할 것도 없겠지만 그 지견은 부정하면서도 이렇듯 훌륭한 태도를 가진다면, 혹 옛날 노장들이 수좌들을 지도할 때 태도만이라도 이렇게 갖도록 하는 무슨 묘방이 있었든가 의심했다.

# 7년만에 복천암을 떠나다

1933년 가을에 입방장을 보내 놓고, 1940년 가을에야 겨우 복천암을 떠나 도리사로 갔다. 이때에 혼해 스님이 선산善山 포교당에 있다가 해인사 퇴설당堆雪堂 선원으로 과동過冬하러 갔다.

눈 소식을 전했더니 '예전에 들으니 탄불 화로 속에서 뜨거움을 피했다더니 이제 보니 쌓인 눈 속에서 차가움을 피하는 사람이구나[33]' 고 답을 하였다.

결제시 부득이 입승을 보게 되어 큰방에서만은 묵언을 실행하기로 하였다. 화주가 이것을 인정하지 않으려는 눈치가 있어서 입승을 그만두겠다고 선언하였더니 화주와 대중이 완강히 만류함으로 또 부득이 그만두지 못하고 말았다.

이때 화주가 인정하지 않았던 것은 전 주지의 의견을 존중한 뜻에서 나온 것이었다. 즉 묵언을 열심히 행한즉 불평이 심중에 축적되어 터지는 날은 싸움이 일어나게 될 우려가 있어서 불가하다는 것이었다. 그렇게 되면 본업은 망각하고 다만 무사히 지내기만을 도모함이니, 즉

범어사의 옛모습

수좌들의 과업성취 여부는 고려하지 않고, 단지 아무 회상會上에서 몇 십 명이 아무 사고 없이 잘 지냈다는 명성만 높이자는 정신이다. 그래서 내가 좀더 강경한 태도를 보였더니 화주가 매우 불만이 많았다.

오래지 않아서 어느 중의 건당식建幢式[34]이 있을 때, 화주는 중 둘을 데리고 왔다. 그날 밤에 법회를 열고 중 하나를 법사로 모셨다. 법사가 『전등록』의 일절을 한참 새기더니 대중을 향하여 무엇을 묻는데, 내 곁에 앉았던 화주가 내게 그 대답을 청하기로 나는 도로 화주에게 미루었다. 화주가 다시 강경하게 요청하였다. "무엇을 물었는지 자세히 못들었습니다"라고 하였다. 법사는 다시 한 번 더 새기었다. 새긴 후에 나는 법사를 향하여, "스님이 내 대신 대답 다 잘해 마쳤습니다" 하였다.

법사가 한참 말이 없다가 "시자侍者야, 가사袈裟가 끈이 떨어졌다" 하고 법상法床에서 내려왔다. 그때 나는 '법사가 코가 떨어진 게 아니라 가사가 끈이 떨어졌어' 하려다가 그만 두었다. 이때에 새기던 글 가운데 '道得 三十棒 道不得 三十捧'을 '도를 얻어도 30방이고 도를 얻지 못해도 30방'이라고 새기는데, 그곳에 모인 대중을 둘러보니 그 옳고 그름을 알 만한 자는 하나도 없고, 이 법사는 조실살이 하던 중이라고 하였다. 대체 이것이 무슨 세상인지 알 수 없었다. 말 그대로 '과연 여기는 속세가 아니로다.[35]' 이렇게 화주가 미워하는 사람을 원주가 좋아할 리가 없을 것이고, 그 다음 소임들도 그들을 따르는 것이 상정常情일 것이다.

나는 원래 박복한 탓인지 좀 친근히 하는 듯하면 그만 가고 싶고, 차라리 좀 괄시하는 듯한 데가 더 맞았다. 여기서도 첫철 해제 후에 곧 떠날 일이지만 멈칫멈칫 두 철이나 지내고, 1941년 9월에야 떠나서 범어사梵魚寺에서 겨울을 나기로 약속하고 짐을 풀었다.

# 납옹納翁 화상

납옹 화상은 나보다 7~8살 나이가 많고 늦게 중이 되었는데, 같은 늦깍이라고 해서 매우 다정한 생각으로 자주 편지를 보냈으나 내가 게을러서 곧바로 답장하지 못했다. 한번은 매우 책망하는 글을 보냈기에 나도 답을 보냈다.

> 현칙은 쓸모없는 사람이니 말도 쓸모 없고, 행실도 쓸모 없고, 글 쓴 것도 쓸데가 별로 없습니다. 이처럼 쓸모 없는 놈의 글을 독촉하는 사람이라면 또한 쓸모 없는 사람이구료.
>
> 玄則無用人 言亦無用 行亦無用 書亦不得不無用.
> 若是無用之書 督之促之之人 抑亦無用人乎.

그 뒤로는 다시는 편지가 없었다.

# 절 생활

## 도인의 도리

어느 날 한 수좌가 말하기를 "옛날 중국 어느 천자가 궁중에 법회를 마련하고 국사에게 법을 청했는데 국사가 돌연히 가사장삼을 입은 채 궐문闕門 밖으로 나가서 어느 골목으로 들어가더니 술집에서 방금 술을 마시고 있는 생선장사에게 깍듯이 경례를 하고 동행을 청했다. 생선장사가 처음에 몇 번은 거절하다가 결국 허락을 받아 같이 궁중 법회장으로 들어왔다. 국사가 대중에게 법사를 소개하니, 그 생선장사가 봉두난발로 법상 옆에 서서 말하기를 '법복을 입지 못해서 법상에는 오를 수 없고 여기서서 한 마디 하겠다' 고 했다. '말하게 되면 죽은 뱀이 되고, 말하지 않으면 산 용이 된다(說卽死蛇 不說卽活龍)' 라고 말한 뒤에 곧바로 종로 큰길 가운데 서서 열반하였다"고 한다.

"좋은 말씀 들었는데 미안하지만 몇 가지 비평을 해보려 합니다. 첫째 '법복을 입지 못해서 법상에는 오를 수 없다' 고 할 때에 우선 크게 꾸짖으며, 부모미생전父母未生前(부모 몸에서 태어나기 전)에 받은 법복은 어디다 두고 법복을 입지 못했다는 소리가 무슨 소리인고? 가사장삼을 입지 못해서 법상에 오를 수 없다면, 가사장삼을 입지 못한 자가 이 자리에는 어떻게 감히 들어올 것인가? 또 '說卽死蛇요 不說卽活龍이라' 하니, 자기는 말한 사람이므로 결정코 죽은 뱀(死蛇)이고, 말하지 않으면 살아 있는 용이 된다는 말은 맞지 않는 말이니, 천하의 벙어리가 다 활룡活龍일 수 없습니다. 야보송冶父頌 에 이르기를 '말은 모두 방해가 되고, 말 없는 것도 또한 용납하지 않는다' [36]라 했습니다. 또 종로거리에서 서서 열반하는 것도 그다지 찬성할 바 못됨은, 그렇게 '할 수는 있지만 하지 않는 것뿐' 인 것이 도인의 도리이기 때문입니다."

# 해괴한 짓

옛날에 조양자趙襄子가 산에서 수렵하다가 산불이 났을 때에, 저편 바위 사이에서 한 노인이 나오더니 그 불 속에서 천천히 걸어옴을 보고, '그 바위 속에서 어떻게 살았으며 또 그 불 속을 어떻게 그렇게 다니느냐' 고 물었다. 그 노인이 '무엇이 바위고 불이 무엇이냐' 고 되물으니, 조양자가 각각 손으로 가리키며 '저것이 바위고 이것이 불이라' 하니, 그 노인이 '몰라' 하면서 어디론가 사라져버렸다.

위문후魏文候가 이 말을 듣고 자하子夏에게 이런 일이 있었느냐고 물었다.

"있습니다."

"그대도 그렇게 할 수 있는가?"

"나는 아직 그 정도가 아니외다."

"선생님(夫子: 공자)은 어떤가?"

"선생님께서는 그렇게 할 수 있지만 하지 않는 분입니다.[37)]"

해괴한 짓을 구태여 할 일이 아니다.

# 만주 봉천에 가다

중국총림中國叢林을 한번 보고 싶어서 1943년 봄에 직지사 역에서 봉천奉天(지금의 沈陽) 가는 기차를 탔다. 3일째 되는 밤에 봉천 관음사觀音寺에 도착해서 중국으로 가는 길을 물었다. 지금은 전시戰時라 도저히 갈 수 없다고 해서 시내에 있는 가장 큰절인 자은사慈恩寺를 찾아가서 여름 한철 방부를 청했다. 그러나 이곳 역시 시국 관계로 군부대 책임자의 인정서가 없이는 방부받을 수 없다고 거절하므로 부득이 돌아서서 속리산 복천암으로 갔다.

# 편지로 정을 나누다

1942년 정월 해제 후에 내원암으로 갔다. 앞뒤에 개울이 흘러서 서늘할 줄 알았더니, 사면이 높은 산으로 첩첩히 둘러 쌓인 탓인지 바람기가 전혀 없어 뜻밖에도 너무 더웠다. 냇가에서 한여름을 다 지내고, 9월에 내원암을 떠나서 직지사로 갔다.

하루는 바느질을 하고 앉아 있는데 큰절 아이가 편지 한 장을 디밀었다. 곁에 앉았던 도감都監 화상이 받아서 떼려고 하다가 발신인인 정공심淨空心을 보더니 그만 그대로 놓았다. 그때 내가 대야大冶가 글씨를 곧잘 쓴다고 하였더니 그제야 도감은 다시 편지를 펴보았다. 봉투 속에는 백지 한 장만 들어 있었기 때문에 둘이 한참 웃었다. 도감에게 엽서 한 장을 얻어서 그 대답으로 '단지 청정한 공을 알 뿐 현묘한 법칙에 아직 이르지 못했네(但知淨空 未達玄則)' 라고 써 보냈다.

1달여 후에 또 편지 한 장이 왔기에 곱게 떼어 보니 '공이 바로 색, 즉 만물이다(空卽是色)' 라고 씌어 있어, 그 후면에다 '생각해서 알아내고 헤아려서 깨닫는다면 도깨비 굴에서 살 궁리를 하는 것과 같다(而知慮而

解鬼窟裡活計思)' 라고 써서 도로 그 봉투에 넣어서 곱게 봉한 후 '수신인부재' 라는 쪽지를 붙여서 반송시켰다. 나중에 들으니 오랜 후에 펴보고 둘이 한참 웃었다고 하였다.

# 부처님이 세우신 큰 병원

고래등 같은 기와집보다 게딱지 같은 오막살이 초가집을 더 좋아하는 것은 요새 사판승들이고, 큰방에 살기를 싫어하고 좁디좁은 뒷방에 가기를 좋아하는 것은 선방 중들이다. 그래서 언제 어디서나 크나 큰방을 독차지할 때가 많았다. 어느 날도 큰방에 혼자 앉아 있는데 노파 5~6인이 우루루 들어왔다. 이들은 대구에서 온 정초 7일 기도꾼들이었다. 이들이 내 앞에 죽 둘러 앉아 하는 말이 모레 회향일에 법문 좀 해달라고 하였다.

"나는 설법할 자격도 없고 당신들은 설법 들을 자격도 없는데 법문은 무슨 법문입니까?"

"스님이 설법할 자격이 없다고 하심은 겸사로 하시는 말씀이겠지만, 저희가 들을 자격이 없다고 하시니 그래 저희는 귀도 없단 말씀입니까?"

"(허허 웃으면서) 여느 소리 듣는 귀야 다 가지셨겠지만 법문 들을 귀는 아마 없을 것입니다."

"그 말씀도 잘 못 알아듣겠습니다. 그러면 법문은 그만 두시고 우리들이 법문 들을 귀가 없다는 이유나 그날 자세히 설명해 주십시오."

할 수 없이 승낙하고 다음과 같이 말하였다.

"온 천하 사람들은 누구를 막론하고 병이 조금도 없이 완전한 사람은 거의 없다. 몸보다 마음에 있어 더욱 그렇다. 이 병들을 고쳐주기 위하여 3천 년 전에 위대한 의술의 왕 부처님(大醫王)이 세상에 오셔서 병원寺刹을 설립하셨다. 천하에 모든 병자는 다 와서 치료를 받으라고 광고하니 형형색색의 모든 병자(菩薩 · 緣覺 · 聲聞 等)들이 모여 들었다. 이 대의왕도 한의사와 같이 일침一鍼(禪) 이구二灸(念佛) 삼약三藥(看經)의 방법으로 각각 그 병자들의 증세에 따라 치료했다. 그런데 철 모르는 아이들(凡夫衆生)은 중병이 들어 생명이 위험한 경우에도 오히려 병인 줄을 몰랐다. 따라서 병원 찾아갈 생각이 없으니, 부모나 어른들이 데리고 가면 다른 병자들이 침을 맞거나 뜸뜨는 것을 보고 그만 겁이 나서 울며 발버둥질을 치고 집으로 가자고 야단을 쳤다. 의사 한 번 보지도 못하고 할 수 없이 그만 돌아가게 되었다. 접수계에 있는 사무원들이 이 광경을 보고 다음부터는 한편에 사탕(佛供)이나 과자(祈禱) 등을 준비했다가 어린 병자가 올 때에는 먼저 그것으로 살살 달래서 차차 의사를 보도록 하였다. 이 사탕이나 과자가 결코 아이 병에 이로운 것은 아니지만, 우선 의사에게 가까이 하도록 하는 부득이한 방편이다. 어리석은 중생들은 이것을 일종의 영약靈藥으로 알게 되었다. 그래서 침 · 구 · 약은 본체도 않고 사탕 · 과자 먹기만 일삼았다.

이 대의왕이 돌아가신 후에 그 자손이 대대로 30여대 33조사를 계승하여 치료하셨다. 그 후로는 자손들이 점점 변변찮게 나서 의술이 부족하므로 의약의 영험이 별로 없게 되었다. 병원에 병자는 차차 없어지고 과자 · 사탕꾼만 웅성웅성하게 되었다. 간판은 여전히 병원이라고 되어 있으나 사실은 일개 과자상점에 불과했다. 이 과자나 사탕을 사먹으러 온 아이들을 보고 침을 맞으라거나 뜸을 뜨자고 하면, 그 아이들이 고분고분하게 말 잘 들을 리가 없을 것이다."

# 빙판에서 미끄러지다

어느 날 밤에 변소에 가다가 얼음에 미끄러져서 펄썩 주저앉았다. 발목이 금방 퉁퉁 붓고 꼼짝할 수가 없어서 업혀 들어가 요강에다 오줌을 누었다. 오줌은 요강으로 해결하더라도 방에서 똥냄새를 피워가며 살 일은 아니다 싶어서 그날부터 먹는 일을 그만두었다. 한 일주간 지내니 지팡이를 들고 변소에 갈 만하기에 그때부터 다시 먹기 시작했다.

# 선문답

하루는 어느 수좌와 같이 잣나무 아래에서 거니는데 수자가 나에게 말하였다.

"남의 잘못을 보지 말고 늘 자기의 허물을 보라고 하니, 어떤 것이 자기의 허물이냐?(不見他人非常見自己過如何是自己過)"

이때 내 머리 속에서는 한편으로, 아하, 이 사람이 과연 공부할 줄 아는 사람이다 싶어 참으로 반가웠다. 또 한편으로는 선지禪旨에 대한 문답은 전광석화격으로 이루어져야지 잠시라도 헤아리고 재주 피우는 것을 허락하지 않으며, 대답하는 말(答語)은 대개 묻는 말(問語)을 약간 바꾸어버리는 것이 상례이므로 얼른 대답하였다.

"늘 다른 사람의 허물을 보는 것이 곧 나의 허물이다.(常見他人非 卽是自己過)"

수좌가 내 말은 들은 체도 않고 황망히 헛소리하는 사람 모양으로 중얼중얼하기에 나는 소리를 꽥 지르며 말하였다.

"입만 있고 귀는 없는가?"

그 태도를 보니 그가 묻던 말이 자기 심중에서 우러나온 것이 아님을 알았다.

# 꿈 이야기

어느 날 큰절의 중이 오더니 큰절로 가자고 하였다. 그것은 말사 주지들을 전부 소집하고 큰절 대중과 합해서 무슨 수양회를 한다고 하면서 법문을 청하는 것이었다. 할 수 없이 따라갔다.

대중을 앞에 놓고 등단하여 말했다.

"내가 아직 참사람이 되지 못한 까닭에 참말을 할 수 없습니다. 그래서 언제든지 말을 청할 때에는 항상 거절하는데, 이번에는 어떻게 피할 수가 없어서 이 자리에 서게 되니 불가불 무슨 말을 한 마디 해야 겠는데 도저히 참말을 할 수는 없으니, 기왕 실 없는 말을 하게 될 바에는 차라리 꿈 이야기나 한 마디 하렵니다."

어느 날 밤 꿈에 끝없이 넓고 큰 바다에 갔는데 그곳에는 무수한 인간들이 빠져서, 벌써 죽은 송장도 한없이 많고 아직 숨이 붙어서 살아보려고 버둥거리는 무리도 역시 많았다. 이 무리들을 구제하기 위해서 어느 임금님이 세 가지 기관을 설치하였다.

하나는 그 넓은 바다 위에 판자를 무수히 뿌려서 누구든지 그 판자를 배에 걸치고 어디로든지 한 방향으로만 헤엄쳐 가면 결국 육지에 닿게 되었다. 두 번째는 큰 배를 드문드문 띄워놓고 근방 사람들을 모두 태워서 함장이 육지까지 실어내기로 하였다. 마지막 하나는 작은 섬에 비행기를 준비해서 자기 고향 이름만 일러주면 비행사가 그 집 앞까지 실어다 주기로 하였다.

꿈에서 나는 물 위로 다니는 것을 스케이트 타듯이 아주 빠르게 자유롭게 다닐 수 있어서 이번에도 그렇게 그 모든 시설을 빙 둘러 보았다. 시설들은 매우 훌륭하나 사람들이 워낙 기진맥진하고 정신이 혼미해서 효과가 별로 없었다. 판자가 곁에 있어도 그것을 잡아탈 줄을 모르고, 혹 잡아타기는 했으나 부지런히 저을 줄을 몰랐다. 또는 방향을 일정하게 해야 하는데 그저 이리 한참 젓다가 또 저리 한참 젓다가 흐지부지해 버리고 마는 자가 많았다.

배에도 가서 보니 배 안의 설비는 완전한데 함장을 비롯하여 모든 선원들이 물에 홀려서 정신이 없었다. 불을 피워야 할 아궁이에 물을 붓고 물을 부어야 할 가마에 불을 피우려 하는 데도 있었고, 혹은 닻을 거두지 않고 떠나려하는 데도 있었다. 나침반을 보지 않고 덮어놓고 저어가니 동쪽으로 한참 가다가 또 서쪽으로 한참 가서 도로 그 자리가 되기도 하고, 길을 잘못 들어 암초에 부딪쳐서 파선되는 일도 가끔 있었다.

섬 안의 비행장은 간단한 건물도 있어서 사람이 거처할 만도 하고 기계와 모든 설비가 잘 갖추어져 있었다. 그러나 이 역시 비행사가 물에 홀려서 정신을 차리지 못하니 모든 시설도 아무런 효과를 거둘 수 없었다.

이 섬에 들어갈 때에 선원 몇 사람과 판자 타던 사람 몇을 데리고 갔더니 이 사람들의 동작이 가관이었다. 판자꾼은 멀쩡한 방바닥에 엎드려서 헤엄치는 짓을 반복해서 하고, 선원은 부엌에 가서 불 때는 짓을 반복해서 했다.

후원 마루 시렁 위에 얹어둔 차담 목판을 고양이가 떨어뜨리는 바람에 깜짝 놀라 잠에서 깨어났다. 그 끝없이 넓고 큰 바다는 어디로 갔는지 양손을 휘저어 아무리 찾아도 물 한 방울도 만져지지 않았다. 그리고 그 무수한 인간들과 모든 시설 그 어느 것 하나도 흔적조차 남은 것이 없고, 오직 큰 장판방에 나 혼자만 누워 있을 뿐이었다. 아주 변변찮은 꿈이지만 혹 해몽을 잘하면 묘미가 나올 수 있으니, 여러분 혹 심심하실 때에 해몽을 좀 잘하셔서 묘미를 찾아보시오.

# 병으로 고생하다

직지사에 피부병자가 여럿이 있었어도 나는 그 동안 괜찮았는데, 다시 피부병이 발작되어 여름 내내 고생하였다. 또 중간에 볼기짝에 종기가 나서 거의 단식생활을 계속하다가, 8월 초에 주인에게 축출을 당해서 해인사로 가게 되었다.

원주 화상의 간청으로 방부를 들이고 한철 살아보기로 하였다. 나도 명색 고참이랍시고 퇴설당堆雪堂으로 보내졌다. 퇴설당에 가보니, 옥양목 고의적삼에 한산 세모시 두루마기 입고 파나마 모자에 흰색 구두 신고 가죽가방 들고 다니던 중이 거기 앉아 있었다.

또 며칠 후에 입승 화상이 떠나가니, 조실 화상이 그 중에게 입승을 보아 달라고 간청했다. 또 어떤 뒷방 하나를 들여다보니 마치 신부방 모양으로 화류장롱이 즐비하였다. 다른 사람에게 물으니 화주 스님 방이라고 하였다. 그 사람은 작년에 중이 되었다는 60여 세의 노인이었다. 때 마침 모인 대중이 약 50여 명인데 화대火炱(부목, 땔나무를 공급하는 사람)할 사람이 없어서 곤란한 모양이기로 내가 그것을 맡았다.

# 속세와의 인연

하루는 심심방深心房에서 짚신을 삼는데 큰절 아이가 와서 서울에서 손님이 오셨다고 하기에 삼던 신을 끌러 놓고 밖으로 나갔다. 밖에는 어떤 양복 입은 신사 한 분이 손가방 하나를 들고 서 있었다. 아이에게 '객실로 모시고 가라' 하고 나는 수각水閣으로 가서 손을 씻었다. 그런데 그 손님이 객실로 가지 않고 내 곁으로 와서 싱글싱글 웃으면서 말하였다.

"그렇게 모르시겠어요?"

"글쎄 누구신지 잘 모르겠습니다."

"중각重角입니다."

"(한참 웃다가) 어찌 이렇게 커다란 중각이가 있으며, 네가 어떻게 여기를 찾아 왔느냐?"

객실로 데리고 들어가서 자세히 살펴봐도 12살 때에 떠나왔는데

27살이나 된 놈을 보니 도저히 알아 볼 수 없었다.

보통학교를 마치고 얼마 후에 중국으로 가서 10여 년을 살다가, 해방되고 돌아왔는데 면에서 호적부를 보고 나를 찾아왔다고 하였다. 하루를 함께 보내면서 다시는 오지도 말고 서신도 끊어야 한다고 신신 당부하였다.

# 헤아리지 마라

어느 날 어느 사범학교 교수라고 하는 사람이 왔었는데, 불경도 많이 보고 불법에 대한 조예가 매우 깊어 보였다.

그 사람이 나에게 물었다.

"'가는 일도 없고 오는 일도 없으며 또한 머무름도 없다(無去無來亦無住)'라 하면 그것은 전연 아무것도 없다는 말이 아니겠습니까?"

"아, 참 많이 생각하신 말씀입니다. 그러나 그것이 없다는 것이 아니라 그것만이 참으로 실재實在임을 알 수 있습니다. 한 비유로 말씀하자면 기하학상 점点·선線·면面·체體의 정의를 설명함에 있어 종縱·횡橫·후厚를 구비한 것이 체요. 종·횡만 있고 후는 없는 것이 면이고, 종뿐이고 횡·후는 없는 것이 선이며, 점은 종·횡·후 모두 없는 것이니, 종·횡·후 다 없다면 아무래도 그것은 전무全無라고 생각하기 쉬울 것입니다. 그러나 선은 점의 움직임이오, 면은 선의 움직임이고, 체는 면의 움직임이니 참으로 실재자實在者는 종·횡·후 모두 없는 점일 뿐입니다. 그러나 이것은 일종의 말장난에 불과한 것이고 참으로 무거무래역무주無去無來亦無住의 실제 경계는 유무 양변과 과거 · 현재 · 미래 삼제三際가 끊어진 자리에서만 볼 수 있는 것이니 범부중생들의 알음알이로는 헤아리기 어려운 것입니다."

# 도인은 있다

중각이가 다녀간 후로는 다시 아무 소식이 없기에 내 말을 잘 알아들은 줄 알았다. 나중에 들으니 큰절 앞 여관주인과 약속하고 내 기거를 살피기 위해서 서신을 자주 주고받는다고 하였다. 그래서 1947년 봄에 복천암을 떠나서 직지사로 갔다. 하루는 오후 8시나 되었는데 도감都監 화상이 와서 큰절에 잠깐 내려가자고 하기에 따라 갔더니 객실에 있는 3~4명의 속객에게 인사를 시켰다.

"우리가 가서 뵈올 것인데 이렇게 오시도록 해서 미안합니다. 다름이 아니라 우리가 이왕 절에서 하룻밤을 쉬게 되는 기회에 법문을 좀 듣고자 해서 주장 스님께 청했더니 이렇게 스님을 모셔온 것입니다."

"네. 좋은 말씀이올시다만 내가 아무 것도 모릅니다."

"천만의 말씀을요. 무엇이든 좋은 말씀을 좀 해주십시요."

"그러면 평소에 물어보고 싶은 것이 있으면 말씀해보시지요. 모르는 것은 할 수 없고 알 만한 것이면 대답해드리겠습니다."

"이전에 부설거사浮雪居士[38] 이야기를 한 번 들었는데 영희靈熙 · 영조靈照와 같이 물 병 세 개를 달아놓고 칠 때에 두 사람은 병이 깨지는 동시에 물이 흩어졌고, 부설거사는 병은 깨졌어도 물은 그대로 달렸다고 하니 그것이 무슨 이치며, 요새는 어찌해서 그런 도인이 없습니까?"

"왜 요새 기이한 기술을 쓰는 사람이나 마술꾼들은 그보다도 더 훨씬 기이한 짓을 하지 않습니까? 그러나 부설거사는 그런 술객이 아닙니다. 비유로 한 법문인데 세인들이 그것을 그대로 한 술법으로 아는 것은 착오입니다. 병은 몸을 비유한 것이고 물은 마음을 비유한 것이니, 일체중생은 마음이 몸에 예속되었으므로 몸이 편하면 마음도 편하고, 몸이 괴로우면 마음도 괴로우며, 몸이 살면 마음도 살고 몸이 죽으면 마음도 죽습니다. 그러나 도인의 마음은 독립자존한 것이므로 몸의 고락이나 생사에 구애되지 않고 항상 한결 같음(一如)을 가르친 것입니다. 어찌 부설거사가 기이한 기술을 쓰는 사람이나 마술꾼 모양으로 그런 괴이한 짓을 할 리가 있겠습니까? 지금 세상에도 혹 생사고락에 구애되지 아니하고 항상 한결 같은 마음을 가진 이가 아주 없지는 않을 것입니다."

# 대자대비는 헤아릴 수 없다

1948년 봄에 이곳을 떠나 수도암修道庵으로 가서 여름을 나기로 했다.

어느 날 한 중이 "극락세계는 얼마나 즐거운 곳이냐"고 묻기에 내가 답했다.

"극락세계라는 '극極' 자나 대자대비라는 '대大' 자나 유교의 『대학大學』의 지선至善이라는 '지至' 자 등은 상대적 가치관으로는 설명할 수 없는 말이라 보통 사람으로서는 이해하기 어렵다. 비유로 말하자면 우리가 기차를 탔을 때에 차 바닥만 들여다보고 앉아 있으면 그 차가 가는 줄을 모르는 것이고, 창 밖에 다른 사물을 보아야 비로소 차가 가는 줄을 분명히 알게 되는 것과 같이, 우리는 상대적인 것은 알기 쉽지만 절대적인 것은 좀처럼 알기 어렵다. 세상 사람들이 극락세계에는 아주 재미 있는 일이 오글오글 하는 줄로 알지만 자기네들이 생각할 수 있는 그러한 낙樂이 있다면 반드시 그 그림자와 같이 그만한 고苦가 따르는 것이니, 어찌 극락세계라고 하겠는가? 극락세계는 터럭끝만한 고도 없는 곳이니, 고가 없으려면 먼저 낙이 없어야 할 것이다."

나는 이어서 이렇게 말했다.

"극락세계는 불락세계不樂世界(즐겁지 않은 세계요), 대자대비는 무자무비無慈無悲(자비가 없다)이고, 지선至善(지극한 선)은 비선非善(선 아니다)이라고 한 때가 있었다. 요새 중들이 걸핏하면 중의 집에는 자비가 제일이라고 하면서 누구는 자비가 있고 누구는 자비가 없다고 한다. 그러나 그들이 운위할 수 있는 자비는 다 소자소비小慈小悲이지 불타의 대자대비는 도저히 그들의 작은 알음알이로는 헤아릴 수 없다. 지선도 역시 그러하니 옛날 성군聖君이 천하에 지선을 베풀 적에는 백성들이 '해 뜨면 일하고 해 지면 쉰다. 밭을 경작하여 먹고 살고 우물을 파서 물을 마시니 황제의 권력이 나와 무슨 상관이냐[39]' 고 하였다.

# 출가를 꿈꾸는가?

어느 날 조반을 짓는 차에 소년 하나가 학생모를 쓰고 부엌으로 들어와서 인사를 하기에 물었다.

"어디에서 왔소?"

"경북 어디서 온 아무개 인데 중이 되려고 왔습니다."

"아, 그러면 큰방에 들어가서 스님네들 보고 말씀하시오."

"아니, 스님께서 중 좀 되게 해주십시오."

"나는 불이나 때주고 얻어 먹는 사람이라 그런 것은 모르오."

"괜히 그러시지 마시고 중 좀 되게 해 주십시오."

"대체 무엇 때문에 중은 되려고 하는가?"

"지금 조선사람들의 모든 형편이 다 불쌍하지만, 그 중에도 제일 불쌍한 것은 가난한 촌사람들입니다. 가난한 촌사람들은 몸이나 성해야 벌어먹고 살 터인데, 중한 병이 들어 일을 할 수 없는 사람들이 얼마나 많은지 모릅니다. 내가 중이 되어서 도를 통해 가지고 그 사람들의 병을 고쳐줄랍니다.”

“참 장한 말이다. 그러나 내가 보니 네게는 그 사람들의 병보다 더 중한 병이 있는데 그 병을 좀 고쳐볼 생각은 없는가?”

소년이 아무 대답이 없이 아궁이 앞에 앉아 있더니 잠시 후에 어디론가 가버렸다.

# 석가여래 일대사

어느 날은 대전 어느 학교 직원들이라는 사람들이 왔는데 그 중에서 교장이라는 이가 석가여래 일대사를 묻기에 말했다.

"(『팔상록』을 대강 말한 후) 그러나 석가여래를 이렇게 보았다면 그것은 꿈에 본 것쯤밖에 안 되는 것입니다. 참으로 석가여래를 보려면 도솔천에서 벗어나기 전에 이미 왕궁에 강림하시고, 어머니 뱃속에서 나오기 전에 다른 사람을 구제하기를 이미 마친 석가여래[40]를 보아야 옳게 본 것입니다."

# 절에서 만난 사람들

# 방방이로 맞다

아무래도 여기서 겨울을 나고 싶지는 않은데 어디로 갈까 망설이는 중에, 마침 어떤 사미沙彌(어린 중) 하나가 와서 가자고 하기에 묻지 않고 따라 갔더니, 진주晋洲 응석사凝石寺였다. 법당은 고옥이나 요사채는 근래 지은 함석집이라 외풍이 심해 까딱했으면 얼어 죽을 뻔하였다.

화주가 처음에는 일등수좌 모셨다고 자랑이 굉장했다. 섣달 그믐날 저녁에 의복 가져온 것을 내다보지도 않고 그 이튿날에야 나가 보았다. 그래서 그랬는지 입승자리를 거두어 버리고, 4월에는 원주도 그만두고 가버렸다. 입승자리만 떨어졌을 뿐이지 쫓아내지는 않았으므로 여름은 그대로 거기서 났다.

7월 중순에 전 원주가 나를 데리러 왔기에 그를 따라서 천성산千聖山 내원암內院庵으로 갔다. 하루는 어느 수좌가 '형상 가운데는 부처가 없고, 부처 가운데는 형상이 없다(相中無佛 佛中無相)' 라고 써 가지고 와서 한번 새겨보라고 하기에 대답했다.

“‘꿈을 꿀 때는 깬 일이 없고, 깨어났을 때는 꿈꾸는 것이 없다(夢時無覺 覺時無夢)’와 같은 글이니 相 가운데는 佛이 없고 佛 가운데는 相이 없다는 뜻이거늘 너는 어찌 새기느냐?”

“相이 가운데 없으면 佛이고 佛이 가운데 없으면 相이다.”

대체 별 희한한 사람들이 다 있다고 생각했다.

어느 날은 한 중이 나에게 물었다.

“대체 불법이란 것이 무엇입니까? 불佛은 즉 각覺이라 하니 각은 무엇을 각하는 것입니까?”

“좋은 질문이다. 달마 스님이 말씀하시기를 ‘참된 깨우침을 바란다면 단지 모든 일체 상을 취하지 않아야 바로 깨칠 수 있는 것이니 더 다른 말이 필요없다[41]’라 하였고, 또 『금강경』에는 ‘모든 상이 있는 것은 모두 허망한 것이다. 만약 여러 가지 상이 실상이 아님을 안다면 여래를 볼 수 있다’라 하였다. 또 이르되 ‘일체 모든 상을 떠난 것을 이름하여 부처님이라 한다[42]’라 하였으니, 두말할 것 없이 상相을 여읜 법이 즉 불법이라고 할 것이다. 그러나 저 일체의 상이 역력히 실상인 것처럼 느껴지는 중생으로서는 도저히 여읠 수는 없을 것이다. 오직 부처님 한사람만 산하대지 · 삼라만상 일체제상이 하나도 참다운 것이 아니고 허깨비임을 깨달았다. 동시에 자아관이 타파되고 무아도를 성취하니, 선악 · 시비 · 이해 · 고락 · 훼예毁譽 · 흥망 · 성쇠 내지 생사 등 일체법이 어디로 좇아 일어날 근본자리를 잃어버린 것이다. 그래서 하고 싶은 것이 하나도 없고 하기 싫은 것도 하나도 없는 생멸 변화가 없는 최고 경지인 구경열반究竟涅槃에 이른 것이다. 실로 천고의 대각이오. 불가사의의 묘법이다. 이 어찌 모든 성인중의 성인이 아니리오. 그러니 우리 불제자들이 소위 공부한다는 것은 오직 일체가 허깨비임을 깨닫고자 노력할 뿐이다. 그러므로『원각경圓覺經』에 이르기를 '허망하다는 것을 알게 되면 벗어날 수 있으니 따로 벗어날 방법을 찾지 않아도 되고, 허망함에서 벗어나게 되면 곧바로 깨닫게 될 뿐이니 차츰차츰 깨닫게 되는 것은 아니다[43]' 하셨다."

또 어느 날은 누가 나더러 해제시에 법문을 하라고 하기에, "법法을 설說할 자도 없고 법을 들을 자도 없는데 법문은 무슨 법문이냐?"고 했더니 곁에 있던 수좌가 "법을 설할 자 없는데 법을 들을 자가 없는 것을 누가 알았을까요?" 하였다. 이렇게 매서운 방망이는 평생에 처음 맞았다.

또 어떤 중이 법문을 청하기에 내가 말했다.

"고인이 이르기를 '늘 일체법이 허깨비와 같은 것을 깨달은 연후에 설법할 수 있다[44]' 라고 하였는데, 나는 아직 모든 것이 실상처럼 여겨지니 어찌 법을 설하리오."

"공부는 어떻게 해야 하는 것입니까?"

"'분별시비를 모두 놓는 것' 이 제일이니라."

"스님이 아직 성취하지 못하셨다면 어떻게 '모두 놓는 것' 이 제일인 줄 아십니까?"

이 방망이도 꽤 어지간하지만 그것은 피할 길이 있으니 신앙이란 것은 아무리 조리를 세우고 근거를 찾는다 할지라도 결국 어느 점에서든지 알지 못하는 점이 있는 것이다. 만일 한 점도 알지 못하는 것이 없다면 그것은 신앙이라고 할 수 없다.

# 무책임한 법사

어느 날 법상을 차리고 윤회설법을 하는데, 한 중이 등상登床하여 주장자를 한 번 구른 후에 물었다.

"이 주장자 한 소리에 시방삼세의 모든 부처님이 다 죽었으니 어찌해야 다시 살리겠느냐?"

"시방삼세의 모든 부처님이 다 죽었는데, 그 죽은 줄을 누가 알았는가?"

내가 이렇게 묻자 그 중이 "나는 대선지식이 아니니까 모르겠다"라며 그대로 법상에서 내려 왔다. 참으로 무책임한 법사였다.

# 지장보살

하루는 백련암白蓮庵에 놀러 갔었다. 그곳 큰방에는 지장보살상을 봉안하였고, 그 주인은 10여 년간 지장정근을 했다고 하였다. 주인이 나에게 물었다.

"저 지장보살이 향向을 어디로 하고 있는가?"

"10년이나 지장보살을 불렀다더니 아직 한번도 지장보살을 보지는 못한 모양이로구나. 지장보살이 무슨 앞뒤가 있어서 향을 찾는가?"

# 부처와 중생

어느 때 큰방에 혼자 앉았는데 저 뒷방에서 큰 소리가 나기에 쫓아가 보았다. 두 수좌가 언쟁을 하다가 한 수좌가 나를 보고 말하였다.

"스님, 저는 부처님과 중생이 같다고 하는데 저 사람은 같지 않다고 합니다."

이 문제는 평소에 가끔 언쟁하던 문제였다.

"글쎄 이 스님아, 정신 좀 차리소. 부처와 중생이 같다면 무엇이 같지 않으리오. 생과 사도 같을 것이고, 번뇌와 보리도 같을 것이며, 선善과 악惡, 시是와 비非가 다 같을 것이니, 선악시비가 같을 바에야 무슨 말이 있을 것이며, 또 부처와 중생이 같다면 스님이 부처이고 저 수좌가 중생이라도 같을 것이며, 둘이 다 부처이거나 둘이 다 중생이라면 더 말할 것도 없이 같을 것이니, 둘이 꼭 같은데 무엇 때문에 그렇게 큰 소리가 나왔소? 입으로만 같다고 하지 말고 그 마음 속을 좀 살피란 말이오. 내가 지금 스님의 마음 속을 들여다보니, 부처님은 아주 높은 것이고 중생은 아주 천한 것인데, 나는 부처이고 저 수좌는 중생이건만, 저 천한 중생이 이 높은 부처인 나를 공경하지 아니한다는 생각에서 그러한 큰 소리가 나온 것이외다. 살펴보시오. 이런 이유로 육조 스님이 말만하고 마음으로는 행하지 않는 수행자를 많이 걱정하신 것이외다."

# 전쟁을 겪다

1951년 10월 13일 밤에 빨치산들이 내려와 불을 질러서 큰 방채가 모두 타버렸다. 대중이 다 흩어지자는 결론이 나서 나는 하순에 부산釜山을 향해 갔다. 금정金井 · 금수金水 등을 가서 보니 방이 추워서 살 수 없어서, 선암사仙岩寺[45]로 가서 겨울을 났다.

내원암內院庵은 절을 비워 놓으면 안 된다는 의논이 다시 있어 재무財務가 내게 기별했기에 1952년 2월에 또다시 천성산千聖山으로 돌아왔다. 이때는 사방에서 빨치산들이 수시로 출몰하였으므로 젊은 사람들은 산중에 있기가 매우 곤란하였다.

난리가 끝날 때까지는 혼자 있을 작정이었고, 혼자 있으면 밥 해 먹기도 귀찮아서 도착하는 날부터 생식을 하였다. 빨치산 · 경찰 · 군인 등의 등쌀 속에서 1952년, 1953년을 보내고 1954년 봄부터는 신도들에게 설법을 시작했다.

# 헤아리지 마라

어떤 중이 다른 중 하나를 좇아다니면서 "아, 참 용하다"고 하기에 다른 중에게 사연을 물었더니, 그저께 콩나물을 다듬다가 '면남간북두面南看北斗(얼굴은 남쪽을 향하는데 북두칠성이 보인다)'란 말이 나왔는데, 저 중이 말하기를 '손바닥이나 손등이 다 한 손'이라고 해서 그 해석이 잘 되었다고 그러는 것이라고 하였다. 내가 한 마디 했다.

"그것은 남쪽 북쪽이 다 한 하늘이라는 말밖에 안 되는 것인데, 어찌 면남간북두의 해석이라고 할 수 있으리오. 면남간북두는 남북의 분별이 없는 경지를 말하는 것이니 이변삼제二邊三際(동서와 남북 같은 공간상의 두 극단을 '二邊'이라 하고, 과거 현재 미래를 三際라고 함)가 끊어진 자리가 아니고는 상상할 수도 없는 도리인데 어찌 범부중생들의 알음알이로 헤아릴 수 있으리오."

# 논쟁

하루는 객승으로 떠도는 수좌와 이야기하다가 유가儒家 문자를 한 마디 썼더니, 대뜸 따져 물었다.

"단지 석가모니의 말씀에만 따라야 한다.(但依金口聖言)"

나는 아래와 같이 대답했다.

"진짜 부처는 입이 없어서, 설법을 하지 않거늘 어떤 것이 금구성언인가?(直佛無口 不解說法 如何是金口聖言)"

# 발심

어느 수좌가 발심發心을 묻기에, 다음과 같이 설명했다.

"나는 이렇게 말하고자 한다."

"어떻게 발심하여야 합니까.(云何發心)"

"상에 집착하지 않아야 하고 그대로 움직이지 않아야 한다.(不取於相 如如不動)"

"어떻게 만행을 닦아야 합니까.(云何修習萬行)"

"상에 집착하지 않아야 하고 그대로 움직이지 않아야 한다."

"어떻게 정각을 이루어야 합니까.(云何成正覺)"

"상에 집착하지 않아야 하고 그대로 움직이지 않아야 한다."

"어떻게 중생들에게 설법해야 합니까.(云何爲人說法)"

"상에 집착하지 않아야 하고 그대로 움직이지 않아야 한다."

"어떻게 일체중생을 제도해야 합니까.(云何滅度一切衆生)"

"상에 집착하지 않아야 하고 그대로 움직이지 않아야 한다."

# 경전은 누구에게 필요한가?

하루는 어떤 젊은 중이 와서 『전등록』을 빌리려 하기에 내가 물었다.

"네가 견성했느냐?"

"『전등록』을 보고 견성하렵니다."

"그러면 볼 것 없다. 원래 경전이나 어록은 불법을 모르는 사람에게 주어서 불법을 알게 하려고 쓴 글이 아니다. 본래 언어나 문자라는 것은 사람과 사람 사이에서 정해진 약속이라 같이 보고 같이 듣고 같이 알 수 있는 사물을 말할 때에 서로 이해 납득될 수 있지만, 그렇지 못한 경우에는 통할 수 없는 것이다. 열대지역 사람에게 눈(雪) 이야기를 하거나, 북방지역 사람에게 대(竹)가 자라는 것을 말하면 믿기 어려울 것이다. 하물며 눈에 보이는 것도 아니고 귀에 들리는 것도 아닌 철학과 사상 같은 것은 보통사람도 아니고 총명하고 근기가 높은 사람이 고심끝에 얻은 심오한 경지라, 이것을 형용할 언어나 문자가 만들어져 있지 않을 것이다. 불가불 저 근기가 높은 사람이 새로 만들거나, 보통인들이 사용하는 언어나 문자들을 이리저리 조합해서 자기의 소견이나 경지를 억지로 표현한 것이다. 그 경지를 꿈에도 보지 못한 보통인들이 어떻게 알 수 있으리오. 또 역사적 사실이 증명하는 것이니, 경經을 보는 자는 결국 사교입선捨敎入禪[46]하는 시절이 있어야 경을 옳게 본 것이라고 할 것이다. 우리나라에서도 2천여 년 동안에 경을 본 자가 1천만이 아니라 몇 억이 넘었겠지만, 사교입선자를 고른다면 손가락이 다 굽어지지 않을 정도이니, 그 어찌 옳은 일이라고 할 수 있으리오."

"그러면 경전이나 어록은 무엇에 필요한 것일까요?"

"천재일우千載一遇의 기이한 인연을 가진 사람이 더러 있으니, 스승 없이 스스로 깨달은 자는 그만두고 어리석은 사람도 아닌, 깨달으려고 해도 아직 깨닫지 못한(欲透未透) 근기를 지닌 사람이 경전이나 어록 중 어느 구절에서 활연히 대오大悟하는 수가 있는데, 이것은 눈먼 거북이가 우연히 나무 토막을 만나는 것(盲龜遇木)이나 작은 겨자씨를 바늘 끝에 놓는 것(芥子投針)처럼 매우 어렵고 힘든 일이다. 대체로 깨달은 사람이 제대로 깨달았는가를 시험하고자 할 때에 가장 필요한 것이다."

# 방함록서문을 쓰다

'불제자佛弟子' 라는 소논문과 '교단개혁론' 을 쓴 것이 있는데 따로 두었다.

주지 없이 얼마를 지냈더니 교무원敎務院에서 통도사 사판승을 주지로 임명하고 3년 내에 복구를 약속했다고 하였다. 복구사업을 재촉하는 의미로 나는 방함록서문芳啣錄序文을 하나 썼다.

〈방함록서문〉[47]

경에 이르기를 부처님께서 증득하신 진리는 진실도 없고 허황된 것도 없으며, 또 옛 말씀에 이르기를 편안히 경치 좋은 도량에 앉아서 헛된 만행이나 닦다가 거울에 비친 마구니를 항복받고 꿈속에 불과佛果가 있다는 것을 깨닫는다고 하거늘, 세상 사람들이 불법을 들으려고 선원을 보며 곧바로 닦고 깨닫는 '참다운 법의 견해' 를 잡아야 하고, 곧 이르기를 '불제자가 되는 사람은 마땅히 편안히 도량에 앉아서 만행을 닦아 천마를 항복받고 불과를 이루리라' 하나니, 이 사람은 무실의 뜻을 아직도 이해하지 못한 사람이다. 또 혹시 영리한 자질을 가진 사람이 큰 힘을 들이지 않고 공의 이치를 겨우 이해하면 바로 말하기를 '도량이 경치 좋은 도량이오, 불과 깨달음 또한 꿈속의 불과이니, 어찌 만행을 닦을 것이며 어찌 천마를 항복 받으리오' 하며 감정에 따라 멋대로 행동하니, 이는 단지 무실만 알고 무허를 모르는 자이다. 만약 이런 사람이 있어 이 두 가지 병폐를 잘 살펴서 나아간다면, 여래의 무실무허無實無虛(진리라고 할 것도 없고 허망한 것도 없음)의 법을 깨우칠 수 있을 것이다. 오직 깨쳤다고 할 수 있으나 깨달음을 얻어도 깨닫는 바가 없는 것이다.

이렇게 같이 깨달음을 추구하는 무리들이
이 경치 좋은 도량에 모여
헛된 만행을 닦다가
허깨비인 이름을 기재하여
후세인에게 세상이 덧없음을 보이니
이것을 방함록[48]이라고 이름한다.

# 도리어 화를 구하려는가?

하루는 양복 입은 청년 하나가 들어오기에, 내가 물었다.

"어디서 오십니까?"

"부산서 옵니다."

"무슨 볼일로 오십니까?"

"아무 볼일 없이 산중을 찾아오다가 마침 절이 있기에 들어왔습니다."

"아무 볼일 없다고 해도 산중을 찾은 것이 볼일이 아니라고 할 수 없는데, 아마 그 일이 작은 일도 아닐 것 같습니다."

차차 이야기를 해보니 본가는 부산이나 현 거주지는 양산梁山인데, 기독교 전도사로서 바른 인생관에 눈을 떠서 수양에 힘쓰는 사람이었다. 하룻밤을 같이 자고 그 이튿날에 돌아가더니, 일요일마다 오기를 몇 번 하였다. 수십일 후에 그 사람은 서양 선교사 부인과 신도들을 여러 명 데리고 소풍 삼아 절에 왔다. 서양인이 나에게 말을 걸었다.

"이 세상 사람은 아담이 죄를 이어 전함으로 말미암아 다 죄인입니다. 예수를 믿고 하나님이 우리에게 주시고자 하는 복락을 받으십시오."

내가 답했다.

"우리가 다 죄인인 까닭에 하나님의 뜻을 바로 알 수가 없습니다. 그래서 하나님이 우리에게 주시려고 준비하신 복을 구한다면 그야 물론 기뻐서 주시겠지만, 우리는 죄 때문에 복을 구할 줄은 모르고 도리어 화를 구하니 하나님이 주지 아니할 것입니다. 비유로 말한다면 철 모르는 어린 아이가 밥이나 옷을 달라면 그 부모가 안 줄 리가 없겠지만, 다칠 염려가 있는 칼이나 도끼라든지 독사나 독약 같은 것을 달라고 하면 안 줄 것입니다."

# 수좌대회

들으니 서울에서 수좌대회首座大會[49]를 개최한다는데, 대통령이 무슨 담화[50]를 발표함에 따라서 대처승들을 전부 축출할 계획이라고 했다. 또 대통령의 담화 요지를 대강 들어보니, 그가 불법을 사모해서 전국민, 적어도 전국 승려들에게 불법 종지를 바로 알도록 하기 위해서가 아니라, 사찰의 건물과 그 안에 있는 고물들을 잘 보관해서 외국인에게 자랑하려는 것이 본의인 듯 싶었다.

옛날에는 중이 되려면 국왕의 승인을 얻었다고 하는데 그것은 국민의 권리와 의무를 면제하기 위함이었다. 지금도 법률상으로 그런 수속을 밟지는 않지만 출가자의 정신만은 옛날과 다르지 않다. 즉 출가는 일체 세간사와는 완전히 등진다는 것을 의미한다. 소위 사판승이라는 것도 가람수호나 절 살림을 맡아볼 뿐이지 세간사에 간여하는 것은 아니다. 더구나 이판승 중에도 '한 번에 뛰어올라 여래의 경지에 곧바로 들어가려는' 수좌야 분별시비를 모두 놓아버려서 마음에 일삼는 일이 없고 일에도 무심한 무리인데 대회를 어떻게 진행할 것인가? 봄바

1954년 9월 27일 선학원에서 개최된 전국비구승대회에 참석한 사부 대중

람이 사람에게 불어오고 여름비가 사람에게 내리는 것처럼 자기를 위하고 남을 위하는 좋은 일이라도 일이 없는 것보다 못한데, 혹시 대통령이 참으로 불법 종취를 사모하는 정신을 가지고 교단정화를 도모하기 위해서 도가 높은 노장 스님 몇 분을 초청해서 의론하고자 한다면 부득이 응할 수도 있을지 모르지만, 수좌 자신이 자진해 거사한다는 것은 천만 번 잘못한 것 같았다. 현재 이 땅에는 이판승은 하나도 없고 전부 사판승뿐임을 여실히 폭로한 것인데, 안목 있는 사람이 들여다볼 때에 교단의 내용은 빈탕이었다.

# 목탁과 죽비

어느 날에 『전등록』을 보았다. 「임제편臨濟篇」에서 왕상시王常侍가 임제회상臨濟會上을 참관하러 왔을 때, 임제 스님이 친히 안내를 하다가 승당僧堂에 갔을 때 7~8여 명의 대중이 늘어앉은 것을 보고 왕이 임제 스님에게 묻고, 스님이 답했다.

"여기 앉아 있는 중들은 불경을 보지 않습니까?(這一坐僧 無看經)"

"보지 않습니다.(不看經)"

"좌선도 하지 않습니까?(無坐禪)"

"좌선도 하지 않습니다.(不坐禪)"

"경도 보지 않고 좌선도 하지 않는다면 대체 뭘 한단 말이오?(旣不看經又不坐禪作甚)"

"늘 자신을 부처가 되고 조사가 되도록 하지요.(總敎伊成佛作祖去也)"

"정말 좌선하는 게 아닙니까?(無坐禪)"

"정말 좌선하는 게 아닙니다.(不坐禪)"

요새 선방에서 행하는 좌선의식은 임제회상에서는 안하던 짓이다. 내원암에서 입승볼 때 큰방에서는 항시 묵언이고, 앉을 때는 면벽面壁하기로 하고, 매일 새벽 지전持殿의 기침쇠로 기상하여 예불하고 곧 앉기로 했었다. 목탁을 치면 공양을 준비하고, 공양 후에는 양치하고, 곧 큰방에 모여 앉았다. 목탁을 치면 마지摩旨(부처님께 올리는 밥으로, 보통 '마지밥' 이라 부름)를 준비했다.

점심 공양 후에도 역시 오전과 같이 하고, 저녁 공양 뒤에도 그렇게 앉았다가 지전이 취침쇠를 치면 취침했다. 입승은 한번도 목탁이나 죽비를 든 일이 없었다.

또 어느 때는 전 대중의 강요로 20~30일 동안 주지 노릇을 해보았는데, 산을 나가지 않겠다는 조건부로 한 것이라 아무래도 오래 할 수가 없었다. 나에게는 자유롭게 떠도는 일이 좋고 또 몸에 밴듯 싶었다.

# 촌부인

참선한다고 선방 찾아다니는 신도 하나가 통도사에서 촌부인네들이 탑塔 돌던 이야기를 하였다. 탑을 한숨에 돌면 좋다는 말을 듣고 늙은이들이 허둥지둥 탑 도는 꼴을 이야기하면서 간간이 크게 웃었다. 내가 말하였다.

"절이 중 사는 곳으로 알거나 가사 장삼을 걸치고 목탁치고 경쇠치는 것을 보고 중인 줄로 아는 사람들은 다 그 촌부인네와 똑같은 사람이다."

# 석남사 시절

# 석남사로 옮기다

1955년 8월 19일에 석남사石南寺로 거처를 옮겼다.

교단이 달라진 때라 신구승新舊僧 간에 거북한 교섭이 종종 있었다. 어느 날도 재래승在來僧(이전부터 있었던 스님) 2~3인이 들어오면서 말했다.

"또 이렇게 와서 스님 공부에 방해가 많습니다."

"내가 아직 공부가 무엇인지 모릅니다. 20여 년이나 절밥을 얻어 먹었는데 절에 오기 전이나 지금이나 똑같습니다. 그때 좋아하던 것은 지금도 좋아하고, 그때 싫어하던 것은 지금도 싫어하고, 그때 분하던 것은 지금도 분하고, 그때 겁나던 것은 지금도 역시 겁나니, 이것이 무슨 노릇인지 모르겠습니다."

"말씀하시는 것을 들으니 과연 참으로 공부 많이 하신 말씀입니다."

내가 이런 소리를 예전에도 여러 사람에게 자주 하던 말인데 이런 칭찬을 듣기는 처음이었다.

저자(오른쪽 키 큰 사람)와 재용再湧 스님(1955년)

# 수좌는 무엇으로 사는가?

옛날에 들은 이야기 한 마디가 문득 생각이 났다.

1차세계대전 때에 미국에서 징병을 할 때 징모관이 한 촌민村民에게 물었다.

"당신은 총을 쏠 줄 아는가?"

"모릅니다."

"칼을 쓸 줄 아는가?"

"모릅니다."

"글을 쓸 줄 아는가?"

"모릅니다."

"그러면 당신은 집으로 돌아가시오."

"(노기를 띠고) 그게 무슨 말이오? 내가 아무리 무식해도 군대 갈 나이가 된 국민인데 집으로 도로 가라는 게 무슨 소리오?"

징모관이 그 늠름한 기품을 보고 입대시켰다. 이 촌민은 전투에서 여러 차례 결사대장을 역임하고 최고훈장을 받았다. 결사대장이 되는 데는 문자도 총검도 병법도 아무것도 상관없고 오직 죽음을 두려워하지 않는 용기가 필요한 것뿐이니, 과연 용기가 무엇보다도 가장 귀중한 것이다. 그러나 이 촌민에게 만일 용기가 결여되었다면 군인 가운데 가장 천덕꾸러기가 될 수밖에 없었을 것이다. 수좌는 이 촌민과 흡사한 것이다.

# 계戒

행자 하나가 와서 계를 설해 달라고 하기에, 내가 말했다.

"네가 아직 계를 지키지 못할 것이다."

"왜요? 내가 지금도 계를 다 지킵니다."

"네가 무슨 계를 지킨단 말이냐?"

"5계戒는 다 지켜요."

"5계가 무엇인지 네가 알기나 하느냐?"

"불살생不殺生(살생하지 마라) · 불투도不偷盜(도둑질 하지 마라) · 불사음不邪淫(삿된 음행을 저지르지 마라) · 불망어不妄語(거짓말 하지 마라) · 불음주不飮酒(술 먹지 마라)이지요."

"5계는 그만두고 우선 불살생계 하나도 네가 못 지킬 것이다."

"왜 못 지켜요? 빈대 벼룩도 죽이지 않습니다."

"빈대나 벼룩은 죽이지 않아도 네가 사람을 가끔 죽인다."

"(눈이 동그래지면서) 아이고 무서워라. 내가 언제 사람을 죽여요?"

"네가 총이나 칼을 가지고 사람을 죽이지는 않았지만 너를 해롭게 하는 사람을 네가 미워하지 않았느냐?"

"나를 해롭게 하면 밉지요."

"그 미워하던 때를 가만히 생각해 보아라. 그때 만일 아무도 시비하는 사람이 없고, 네 힘이 넉넉히 그를 죽일 만하였다면 죽였을 것이다. 그렇다면 사람을 미워하는 마음은 곧 그를 죽이는 마음이다. 그러므로 누가 나를 아무리 해롭게 할지라도 그 사람을 미워하는 마음이 나지 않는 사람이라야 불살생계를 지킬 수 있는 것이다. 그뿐 아니라 그보다도 훨씬 더 어려운 일이 있으니, 제가 저를 죽이지 말아야 하는 것이다."

"누가 저를 죽이는 사람이 어디 있어요?"

"네가 지금 가지고 있는 마음은 전부가 남에게 배운 마음이고 갓 태어났을 때에 가지고 있던 본 마음은 네가 다 죽여버린 것이다. 이 본 마음을 살려내야 참으로 불살생계를 완전히 지키는 것이니라."

# 출가를 꿈꾸는가? 2

하루는 거사居士 한 분이 와서 출가할 의향이 있다고 하기에, 내가 말했다.

“풀뿌리와 나무열매로 허기를 달래고 남루한 누더기로 몸이나 겨우 가릴 작정이라면 모르지만, 가람에서 세 끼 더운 밥 먹어가면서 하는 중노릇은 아예 시작하지 마십시오. 내가 20여 년 지내 보았고, 또 다른 중들도 다 보았습니다. 춥고 배고픈 가운데서 발심이 되는 것인데, 의식주에 조금도 걱정 없는 사람이, 무엇 때문에 성불하고 싶겠습니까? 또 이 일은 언제든지 자아를 망각하고 무아도를 증득하고야 이룰 것인데, 보통사람으로서는 도저히 될 수 없는 일이라고 생각합니다.”

“금생今生에는 성취되지 못할지라도 내생來生 인연이나 맺어도 좋지 않습니까?”

“중들이 흔히 하는 소리입니다. 그러나 이것은 사실에 맞지 않는 말입니다. 인연을 맺는다는 말은 성불하는데 필요한 어떠한 행동을 조금씩이라도 한다는 뜻입니다. 성불하지 못한 사람으로서는 어떠한 동작이 성불에 필요한지 알 수 없는 것입니다. 혹 억지로라도 자기를 잊어버리려고 하는 동작이나 한다면 가깝다고 할지 모르지만, 그런 소리하는 중들의 행동을 보면 전연 딴판입니다. 그것이 만일 인연이 된다면 지옥 갈 인연은 될지 모르지만 성불의 인연은 천만부당입니다. 원래 성불은 인연이나 방편으로 되는 것이 아닙니다. 『원각경』에 이르기를, '허망하다는 것을 알게 되면 벗어날 수 있으니 따로 벗어날 방법을 찾지 않아도 되고, 허망함에서 벗어나게 되면 곧 바로 깨닫게 될 뿐이니 차츰차츰 깨닫게 되는 것은 아니다' 라고 했습니다."

## 인욕忍辱

하루는 분수를 모르는 노장 하나가 오더니, 덮어놓고 내 방에서 같이 거처하기로 해서 매우 불편하였다. 그러나 '이런 것쯤이야 참아야지' 하고 지냈다. 그런데 참으로 옳은 인욕을 하자면 이것도 생사를 초월하지 않고서는 안 될 것이다.

일례로 말하면 노장이 가끔 불을 많이 때서 방이 너무 더우면 자다가 문을 열게 되고, 이로 인해서 감기가 든다. 이런 일이 거듭되면 상태가 중해지고, 또 중한 상태가 거듭되면 죽음에 이르게 될 것이다.

그래도 진심嗔心(성내는 마음)은 내지 않아야 인욕이다. 그러나 인욕뿐이 아니라 일체 계율도, 일체 사업도, 먼저 이 사선死線을 넘지 않고서는 안 될 것이다.

# 아이에게서 배운다

하루는 누가 9살 난 아이를 데리고 와서 키워달라고 부탁하였다. 사중寺中에서 승낙하여 큰방에서 발우공양을 같이하기로 하였다. 일러줄 일이 많아서 이사람 저사람이 이런저런 것을 가르쳐주느라고 방 안이 한참이나 부산했다.

아이에게 내가 일렀다.

"너와 우리가 서로 배워야 하겠는데, 네가 우리 하는 것을 배우기는 그렇게 어려운 것이 아니니 며칠 안에 다 잘하겠지만, 우리가 너를 배울 일은 참으로 어려운 일이라 평생을 두고 힘써도 잘되지 않을 것 같구나."

# 출가를 꿈꾸는가? 3

서울서 온 기독교인 한 분이 중이 되고자 하기에 그 동기를 물었다. 예전에 절에 가서 하룻밤을 지낸 적이 있었는데 새벽 종소리를 들으니 무엇이라고 형용할 수 없는 좋은 느낌을 받았다고 했다. 그 후로 항상 산중에 가서 살고 싶은 생각이 간절했다고 말했다.

"그것은 일시적인 감정의 충동이라 조만간에 달라질 날이 있을 것입니다. 중 되는 일은 그러한 감정적인 기분행위가 아니라, 엄격한 이지적 판단에서 백절불요百折不撓(백 번 꺾어도 꺾여지지 않다)하는 신앙심의 동작이니, 깊이 생각해서 신중히 결정하십시오."

그 사람이 내 말을 듣고 나더니 그만 집으로 돌아갔다.

# 거지 움막 속에 대도인이 있다

어느 날 저녁에 객실에 갔다가 어떤 중이 자기를 찾아온 속인을 엎드리게 한 후 설법하는 모양을 얼핏 보았다. 과연 상相에 집착하는 승려였다. 여러 경을 설할 때, 부처님이 법복의 위의를 갖추고 높은 대상에 앉아서, 억만 대중을 앞에 놓고 물이 세차게 흐르듯 거침없이 대사자후를 토하는 광경을 흉내낸 모양이었다.

그러나 부처님이 여러 경에서 말씀하신 내용은 순전히 심중사心中事를 표현한 것이요 역사적 사실의 기록이 아니다. 부처님은 반드시 고귀한 자리에 있는 것이 아니며 중생이 꼭 하천한 계급은 아니다. 소위 귀천고하貴賤高下라는 것은 중생들이 공연히 만든 분별이지 진리 위에 어찌 그러한 차별이 있겠는가. 사실에 있어서는 차라리 고대광실 속보다 거지 움막 속에서 흔히 대도인大道人을 볼 수 있는 것이다.

# 국사불응

어떤 중이 사조四祖(道信. 580~651. 중국 선종의 제4조) 스님의 국사불응國師不應(국사로 모셨으나 응하지 않음)을 불만히 여겨서 말하기를, '그런 신심 있는 천자天子에게 가서 설법을 잘해서 천자도 제도하고, 또 그를 종용해서 천하에 많은 가람을 건설하고 승려를 많이 양성하면 불법이 왕성할 것인데 너무 고집을 피운 것은 잘못인 것 같다' 고 하기에 내가 말했다.

"그 천자가 2~3차례나 사신을 보내서 모셔오려고 했던 것을 보고 '신심이 돈독하다' 고 하지만, 좀더 깊이 생각해 보면 그것이 결코 신심이 아니라 사욕邪慾(삿된 욕심)이다. 참 신심은 법法(진리)을 위해서 몸을 버려야 하므로 천자의 지위도 헌신짝같이 여기지 않으면 안 되니, 자기 자신이 친히 가서 혜가惠可가 달마達摩[51]에게 구하듯이 하지 않으면 안 된다. 자기가 궁중에 앉아서 사신을 보낸다는 것은 비록 열 번을 보낸다 하더라도, 그것은 천자의 높은 지위는 전과 다름없이 그대로 두고 불법을 그 아래에서 이용하고자 함이니, 어찌 이것을 신심이라고 할 수 있으리오."

"그런 철저한 신심을 가진 사람이 어디 있을 것이오. 그저 어지간하면 설법을 잘해서 지도하면 돼지요."

"절대로 그렇지 아니한 일이니, 그대의 소위 어지간이란 말은 아직도 그것을 신심으로 여기고 사욕인 줄을 모르는 말이며, 또 설법을 잘해서 지도하다는 말은 큰 착각이니, 미묘한 법을 설하고 그윽한 진리를 논하는 것은 태평시대의 간사한 도적이라 본래 훼불방법毁佛謗法(부처님을 헐뜯고 진리를 방해하다)이니 더 말할 것도 없고, 몽둥이를 쓰고 할을 하는 것은 비록 난세영웅이나 그 사람 그 때가 아니면 역시 쓸모가 없다. 설법으로 지도한다는 말은 본래 없는 일로서, 천만 부처가 한 중생도 제도치 못하는 것이므로 옛사람이 이르되 '부처님과 조사라도 사람을 어찌할 수가 없다(佛祖於人不奈何)'라 하셨다. 그때 만일 사조 스님이 응했으면 만사는 다 그르쳤을 것이고, 자신 역시 흙칠 똥칠만 잔뜩 했을 것이니, 설혹 가람을 건조한대도 결국 마굴魔窟에 불과할 것이고, 승려를 양성한다고 해도 결국 마군魔軍에 틀림없을 것은, 그 뿌리가 어지럽게 흔들리는데 가지가 다스려질 수 없는 것과 같다."

## 생사자재生死自在

어떤 조실살이 하던 중이 『전등록』의 일절을 이야기하는데, 옛날 어떤 큰 스님이 열반하셔서 그 문도들이 발상發喪하여 곡성이 낭자할 때, 그 큰 스님이 갱생해서 일주일간 설법 제도한 후 다시 열반하셨다고 하면서, 이렇게 생사를 자유롭게 해야 한다고 떠들어댔다. 내가 말했다.

"그렇다면 그는 큰 스님이 아니라 아주 작은 스님이다. 그 문도들과 같은 사람이 천하에 얼마나 많이 있을 것인데, 그 많은 사람 다 놔두고 겨우 문도들만 제도했다니 그 얼마나 작으며, 또 그렇게 생사를 임의로 할진댄 어찌 하필 일주일이란 말인가? 천년 만년 더 살아서 모든 중생, 특히 오늘 이 스님 같은 이 좀 제도했으면 오죽 좋을까? 사람이 죽었다가 다시 살아나는 일이 흔히 있는 일이 아닌가? 그러나 이것은 아주 죽은 것이 아니라 잠시 까무러친 것이다. 이 스님도 처음에 잠시 까무러쳤던 것이고, 깨어 보니 제자들이 중의 예의에 맞지 않는 짓들을 하니, 그리 말라고 깨우쳐 인도했을 것이고, 일주일 후에는 아주 명이 다해서 돌아가신 것이거늘 그것을 그렇게 곡해하는 수가 있다. 생사에 자재하다는 말은 생사에 대해서 중생들과 같이 그렇게 괘념掛念하지 아니한다는 말이지 얼마든지 맘대로 살 수 있다는 말이 아니다. 그렇다면 그 많은 불조佛祖 중에 한 분도 지금까지 살아 있는 이가 없을 리가 있겠는가? 먼저 자기의 정신을 바로 세우지 못한 사람은 말도 옳게 듣지 못하고 글도 옳게 보지 못하는 수가 많다."

# 외도外道라고 불리다

평소에 가깝게 지내는 중이 오더니 나에게 말했다.

"사방에서 너를 외도라고 하더라."

"나를 외도라고 하는 그들이 다 내교內敎(불교)를 잘 아는 사람들이든가? 내가 그네들과 다른 것이 많지. 첫째 대중들이 일과로 하는 조석 예불에는 무단결석한 일이 없지만 아무때나 멋대로 불전에 예배하는 일이 없고, 또 속인들이 와서 불공이나 기도하는 데는 물론이거니와 절에서 하는 불공에도 좀처럼 참례하지 않지. 오대산에서는 수암叟庵이라는 중이 나를 법당까지 안고 들어가서 한 번 참례했고, 직지사는 언제든지 천불전千佛殿에 기도한다고 매일 사시마지(오전 11시에 부처님께 공양을 올리고 예불하는 의식)를 하는데 화주 화상의 강요로 전 대중이 꼭 참석하는 곳이지만 반년이나 있는 동안 한번도 참례한 일이 없었으니, 응당 미움을 받았을 것이다."

또 수좌들이 불공의식을 집행하는 일을 달가워하지 않는 편이라 어디선가 그 옳지 않음을 말했더니 어떤 중이 나에게 말하였다.

"까마귀 소리는 까마귀 소리대로 듣고, 까치 소리는 까치소리대로 듣지, 뭐 그리 시비할 것 있느냐."

"까마귀가 까마귀 소리를 하거나 까치가 까치 소리를 하는 데야 누가 시비하지 않겠지만, 까마귀가 까치 소리를 하거나 까치가 까마귀 소리를 하려고 하는 것은 아무래도 어울리지 않는 일이 아닌가. 어디로 보든지 이것은 다라니종多羅尼宗, 즉 염불종에서나 할 짓이지 문전에다 묵언패를 걸어놓고 화두를 든다고 하는 수좌들이 목탁을 두드리고 경쇠를 치면서 무엇이라고 떠들어대는 것이야말로 모순당착이 아닐 수 없을 것이다. 내 생각에는 아주 어릴 적에 들어온 사람은 말할 필요도 없지만, 철이 들어 소위 발심 입선入禪했다는 사람이 이런 짓을 한다면 그는 결코 옳은 중이 되지 못한다고 단언한다. 또 제일로 나를 못마땅하게 여기는 것은 내가 윤회설을 부인하는 점이다. 혜충국사慧忠國師도 역설한 적 있지만 몸과 마음은 둘이 아니다. 이것은 우리가 늘 체험하는 것으로, 어떤 사람이든지 그의 얼굴만 보면 그의 마음을 알 수 있다. 혹시 보는 사람의 눈이 밝지 못해서 오인하는 수가 있지만 눈 밝은 사람 앞에서는 속이지 못하는 것이다. 그러면 이것은 분명히 몸과 마음이 둘이 아닌 것을 증명함이니, 만일 몸과 마음이 따로따로 있는 것이라면 천고이래 그 많은 사람들이 낱낱이 그 얼굴로서 그 마음을 알게 될 리가 있겠는가? 그런즉 사람의 마음이란 것은 그 사람의 신체조직상에서 일어나는 작용임이 틀림없는 것이다.

또 생리학상으로도 어떤 사람은 뇌신경에 미세한 고장이 생겨도 정신적으로는 커다란 문제가 나타나는 것을 종종 보는 바이다. 그러면 이 신체조직이 변경될 때에 그 정신작용도 그만큼 변경되는 것이고, 이 신체조직이 없어질 때에 그 정신작용도 따라서 끝나버리는 것은 조금도 의심할 여지가 없는 사실이 아닌가. 또 우리가 밤마다 잠으로 실험하지 않는가. 꿈을 꾼다는 것은 온전한 잠을 이루지 못하는 일종의 병적 상태라 할 것이고, 참으로 건강한 사람은 평생 동안 한번도 꿈을 꾸지 않는 이도 있으니, 이것이 옳게 자는 숙면이다. 소위 영혼이란 것이 따로 있는 것이라면 이 숙면시에 영혼은 어디 가서 있는가? 비유로 말하면 전등불 같아서 '스위치'로 음양선을 연결시킬 때 켜지고 단절시킬 때 꺼지는 것과 같다. 정녕코 이것(輪回說)은 재주가 뛰어난 자나 영리한 사람들의 상상이나 억측일 것이다. 고대에 교육이 보급되지 못했을 때에 권선징악의 방편으로 어리석은 중생들을 다스림에 있어 많은 효과를 거둔 적도 있을 것이다. 이 뿐만 아니라 위정자들이 이러한 방편을 다방면으로 이용한 것이다. 높은 고개 마룻턱에 서 있는 큰나

무에는 으레 종이쪽이나 헝겊을 걸어서 서낭이라 명명하고 누구든지 이 나무를 베면 멸문의 화를 받으리라고 해놓으니, 온 산을 발가벗겨도 그 나무만은 감히 손을 대지 못하므로 오고가는 행인들이 그 나무 그늘에서 잘 쉬어가게 된다. 그러나 현대는 모든 문명의 이기가 발달되고 의무교육제를 실시하게 되니 그러한 방편들이 필요치 않다. 정정당당한 교육으로써 각자가 당연히 할 도리를 알아서 사람다운 사람 노릇을 하도록 할 수 있다.”

“예를 들면 수십 년 전에 독일 주재 일본대사가 부임 후 얼마되지 않아서 독일의 수도 베를린을 돌아보다가, 도로 양측에 심은 가로수의 잎이 하도 아름다워서 좀 자세히 보려고 잎 하나를 따서 손에 들었다. 이때 저편에서 12~13세쯤 되는 아이 하나가 쫓아오더니 대사에게 인사하고 묻기를, ‘베를린 시의 인구가 얼마인지 아십니까?’ 라고 했다. 대사는 ‘2백만이나 3백만’ 이라고 대답했다. 그 아이가 다시 ‘그 많은 사람들이 저마다 이 나뭇잎 하나씩을 딴다면 이 나무는 어찌 되겠습니까?’ 라고 물었다. 이 아이는 그 가로수가 그 시민에게 얼마나 중요한 존재임을 잘 알았고, 따라서 마땅히 잘 보호해야 할 것을 잘 알았으며 또 그대로 실천할 줄도 잘 알았다. 이 아이뿐만 아니라 이 아이가 다니는 학교의 모든 학생이 다 그와 같이 알고, 그 학교뿐만 아니라 독일 전국에 있는 학교 학생들이 다 그렇게 알았다.”

## 똑똑한 사미

여러 해 동안 선방으로 돌아다니던 승려 하나가 무슨 말끝에 '초학자' 운운하니, 엊그제 들어온 17~18세의 사미沙彌(어린중)가 말하기를 '실천實踐이 없는 자는 다 초학자지 뭐' 라고 말하는 것을 듣고 나는 크게 놀랐다. 그러나 애석하게도 그 사미는 얼마 못가서 요절하고 말았다.

# 밥을 굶고 잠을 청하다

중 하나가 어느 날 밤 방선放禪(선을 마치다)하면서 나를 부르더니, '미국과 소련 사이에 전쟁이 일어나서 폭탄이 비 오듯 하면 어찌하시렵니까?' 라고 물었다. '미소' 가 어디 있나 했더니, 다음날 아침 공양할 때에 그 중이 식사 당번을 혼자 맡아 가지고 내게는 물도 밥도 다 안 주면서 하는 말이, 내가 '오대산에서 한암 스님도 내쫓은 일이 있었다' 고 했다. 하릴없이 발우를 거두어 얹으면서, '주면 먹고 안 주면 말지, 허구한 날 날마다 삼시 세 끼로 먹는 일도 실로 귀찮은 터니 잘되었다' 하고 뒷방으로 가서 조반 대신 잠을 한잠 자고 났더니, 그 중이 짐을 지고 가버렸다.

오늘날의 도인은 모두 다 남을 의식해서 수행하는 자들이고, 진정으로 자기를 위해서 수행하는 자는 드물다.[52)]

# 굳셈

어떤 중이 나에게 말하였다.

"내가 예전에 어느 스님에게 들으니 '현칙 스님은 아주 굳세고 용기가 있어서 장래 조선불교에 막대한 공헌이 있으리라' 고 하기에 아주 무섭게 생긴 줄 알았더니 실제로 보니 그렇게 무섭지 않습니다."

내가 웃으며 대답했다.

"옛날에 자로가 강함[53]에 관해 묻자 공자는 이렇게 대답했다. '남방의 강함인가? 북방의 강함인가? 아니면 너와 같은 그런 강함인가? 너그럽고 부드러운 마음으로 가르쳐주고 무모한 소행에도 보복을 하지 않는 것은 남방의 강함이니, 이것은 군자만이 할 수 있는 일이다. 창을 들고 갑옷을 입고 싸우다 죽어도 후회하지 않는 것은 북방의 강함이다. 이야말로 강한 사람이 할 수 있는 일이다. 그러므로 군자는 부드러우면서도 쉽게 변하지 않으니, 굳세도다, 그 꿋꿋함이여! 중립하여 치우치지 않으니, 굳세도다, 꿋꿋함이여! 나라에 정도가 행해져 출세하게 되어도 궁색했던 때의 마음은 변하지 않으니 굳세도다, 그 꿋꿋함이여! 나라에 정도가 행해지지 않아 화를 당해 죽어도 지조를 변치않으니 굳세도다, 그 꿋꿋함이여!'

이제 그대는 '단지 북쪽의 강함만 알고, 남쪽의 강함을 알지 못하니 어찌 군자의 강함을 알겠는가?"[54]

# 껌 한 개도 부처의 몸이다

서울 수좌대회 영도급에 있는 모謀 스님에게 어떤 서양인이 와서 불법을 물으니 껌 한 개를 집어 주었다고 했다.

“천지는 온통 이 비로자나毘盧遮那 전신체全身體라 어찌 단지 마삼근麻三斤[55]이나 간시궐乾屎橛[56]뿐이 아니라 먼지 하나하나가 모두 부처의 몸이니 껌 한 개도 역시 불체佛體가 아님이 아닐 것이다. 그러나 이것은 빛이 비칠 때 그 빛을 되돌려 빛이 나오는 근원을 비추듯이(廻光返照) 자기의 근원까지 철저히 비출 때(透徹根源)에 모든 차별을 여읜 곳에서 하는 말이다. 부처와 껌이 둘이 아닌 경지에서도 대처승만은 단식동맹을 해가면서 쫓아내야 한다고 투쟁할 필요가 있다는 것은 참으로 불가사의 중에도 불가사의이다. 격외선담格外禪談의 의취意趣나 행방용할行捧用喝(몽둥이로 때리고 고함을 지름)의 기밀機密[57]은 범부중생의 알음알이로 헤아리는 것을 불허하는 것이고 반드시 어떠한 까닭이 있는 일이므로, 함부로 이것을 흉내낸다는 것은 너무도 외람되기보다 애들 놀이와 같으니 어찌 훼불방법毁佛謗法이 이에서 심할 자 있으리오. 고인이 이르기를 '불법을 아는 자는 두려워한다(識法者懼)' 라 하고, 또 이르기를 '부끄러워 얼굴이 빨갛게 되는 것이 솔직한 말보다 못하다(面赤不如語直)' 라 하였거늘 요새 사람들은 두려워할 줄도 모르고 부끄러워 할 줄도 모르니 어떻게 한단 말인가?"

# 고약한 조실

조실살이하던 중 하나가 왔는데, 조실대접을 안했더니, 하루는 큰 방에서 대중이 나물을 다듬는 차에 그 중이 별안간 장삼을 입고 죽비를 들고 앉아서 법문을 한다고 입을 열었다.

"이 위에 한 마디가 있으니 한 마디 일러라."

'이 위에 한 마디가 있다고 하니 이것이 무슨 물건인고' 라고 반문하고 싶었으나, 그 중이 하는 꼴이 정녕 분풀이 할 계획이니 내가 무엇이라고 해도 그저 덮어놓고 두드려 팰 작정임이 뻔한 일이었다. 겁이 나서 감히 입을 열지 못하다가 암만해도 웃음이 나와서 참을 수 없어 한바탕 웃었다. 그 중이 웃는다고 빙자하고 달려들어 등줄기를 서너 번 후리는데 마침 두툼한 누더기 위라 그다지 아플 것은 없었다. 내가 힐끗 돌아보며 물었다.

"무엇을 때렸는고?"

그 중이 싱긋 웃기에 내가 소리를 지르며 말했다.

"너는 맹방盲棒(눈먼 몽둥이)을 넘어 광방狂棒(미친 몽둥이)이다."

그 중은 오후에 슬쩍 가버렸다.

# 입으로만 떠든다

어떤 시주施主 단련법사鍛錬法師가 어느 불사장佛事場에 오는 것을 보고, 내가 물었더니 법사가 답했다.

"무엇하러 왔어?"

"오기는 어디를 와."

'오기는 어디를 와'라 함은 '와도 오는 것이 아니다'라 함이다. 즉 고인의 말씀에 '하루 종일 봐도 본 것이 없고, 종일 행해도 행한 것이 없다'라는 말과 같은 것이다. 즉 '응당 머문 바 없이 그 마음을 내는[58]' 무심경계를 말함이다. 즉 불사를 해도 한 바 없고 시주를 몇 만 명을 동원시켰으되 하나도 움직인 바가 없다는 것이니 일체 분별이 끊어진 자리이다.

이렇게 무심한 이는 술 먹고 고기를 먹어도 지혜에 장애를 주지 않을 것이고 도둑질을 하고 음란한 짓을 해도 진리에 방해를 주지 않을 것이니 이 법사는 그런 짓은 절대로 하지 않을 것이다. 그것은 그런 짓을 하면 저 시주들이 존경하지 아니할 것을 잘 아는 까닭이다. 또 이 법사는 일상생활에 있어서 고苦(괴로움)는 기어이 피하고 낙樂(즐거움)은 취하며 이利(이로움)는 갖고 해害(해로움)는 버린다. 그러면서도 걸핏하면 '와도 온 것이 아니요, 해도 한 것이 아니요, 가도 간 것이 아니다[59]' 등의 소리를 서슴지 않고 내놓는다. 입으로만 떠들고 마음으로 행하지 않는 가증스러운 위선적인 지식인들이다.

# 두 상좌

하루는 어느 스님이 이야기를 한바탕 내놓았다.

예전 어느 외딴 암자에 노장 한 분이 두 상좌를 데리고 있는데, 형은 밥만 먹으면 지대방에 가서 목침 베고 온 종일 누워있고, 집안의 모든 일은 아우가 다하면서 틈틈이 경을 읽었다. 그래서 아우는 어떤 때는 그 형이 너무도 미워서 밥을 담다가 좀 적게 담은 적이 있었다. 노장이 그것을 보고 '얘, 그 밥 좀더 담아라. 목침 베고 누워있는 것이 힘든 일이다' 하였다. 그럴수록 아우는 더욱 더 형을 미워하게 되었다. 어느 날 노장과 담화하던 손님이 묻기를 '상좌가 몇이나 있습니까' 하니 노장이 '한개 반' 이라고 대답했다. 작은 상좌가 이를 엿듣고, '옳치 나를 하나 치고 지대방에 누워있는 형을 반개 친 것이로구나' 생각했다. 얼마 후에 아우가 국사國師가 되어서 형에게 작별인사를 하러 갔더니, 형이 말하기를 '네가 국사?' 하면서 잠깐 기다리라고 했다. 형이 작은 종이쪽지에 무슨 글을 몇 자 써서 굳게 봉해 주며, 이것을 항상 몸에 지니고 있다가 언제든지 아주 위급한 지경에 이르거든 펴보라고 당부했다. 아우는 코웃음이 나왔으나 그래도 명색 형의 당부라 깊이 간수하였다. 어느 날 천자가 신하들을 데리고 뱃놀이를 하는데 돌연 폭풍이 크게 일어나 배가 전복될 지경이었다. 대중이 어찌할 줄 모르고 있을 때에 형이 당부하던 일이 생각나서 급히 그 글을 꺼내어 읽었다. 그랬더니 바람이 그치고 물결이 잠잠해졌다. 그제야 형의 도력道力이 대단함을 알았고, '한 개 반' 의 뜻도 비로소 알게 되었다. 그와 동시에 외람되게 자신이 국사가 된 것을 부끄러워하여 즉시 국사를 사퇴하고, 형에게 돌아와서 비로소 참으로 법을 물으며 정진하였다고 한다.

"이것은 집안의 모든 일을 혼자 다하면서 또 틈틈이 경經을 부지런히 읽은 아우보다 온 종일 목침만 베고 누워있던 형이 공부를 옳게 했다는 것을 표현하기 위해서 만든 이야기이다. 과연 공부를 옳게 했는지 여부는 그 사람의 마음 속을 들여다보는 능력이 있는 눈 밝은 도인이 아니면 판정할 수 없다. 그래서 재담 좋아하는 사람들이 도인의 장한 의지를 널리 알리고 싶을 때 이런 이야기를 많이 만든다. 일반인이 다 욕심낼 만한 경우에 도인은 욕심내지 않으며, 일반이 다 겁낼 만한 처지에 도인은 겁내지 않으며, 누구라도 성낼 만한 자리에서 도인은 성내지 않는 일들이, 저 바람을 그치고 물결을 잔잔하게 하는 것보다도 더욱 신통하고 신묘한 일이지만 중생들이 그것을 잘 살펴볼 줄 모르는 것이다."

# 어느 도인

어떤 도인이 부산 영도影島 어느 절에 왔는데 신도들이 찾아오는 꼴이 보기 싫어서 방문을 안으로 닫아 걸고 들어 앉았다고 했다. 또 그 도인은 돈이 많지도 않기 때문에 어디를 가게 되면 차표 살 사람을 대동해야 된다고 했다.

내가 한 마디 했다.

"그가 과연 도인은 도인이다. 요새 도시에 있는 절이란 것은 여신도들의 도회청인 줄을 모른 모양이지? 그러길래 그렇게도 보기 싫은 여신도들의 도회청인 도시 절을 찾아갔겠지? 옛사람이 이르기를 '자기가 싫어하는 것을 남에게 시키지 마라' 하였는데 대동한 사람은 어떤 사람일까? 또 돈을 손에 대지 않은 뜻은 돈을 사용하지 않겠다는 것일 터인데, 도인에게 무슨 바쁜 일이 있다고 차를 타며, 혼자도 아니고 다른 사람까지 대동한다면 돈이 적어도 두 배는 들어야 될 것이니, 그것은 돈을 쓰지 않는 것이 아니라 더 쓰는 것이 아닐까? 아마도 도인이라고 전한 사람이 잘못 전했겠지."

# 세상에서 가장 쉬운 것

이웃 절에서 무슨 불사를 한다고 증사證師(증명할 스님)로 모시러 왔기에 거절하였다. 곁에 있던 노장이, "갑시다. 내가 그 전에 증사하는 것 여러 번 보았는데 아무것도 하는 일 없이 그저 잠자코 앉아 있으면 됩니다"라고 하였다. 이 노장이 만일 군에 군수나 도에 도지사나 남쪽을 향하여 두 손을 모으고 묵묵히 앉아 있을 뿐인 제왕帝王의 모습을 보았다면 가장 쉬운 노릇은 제왕노릇이라고 할 것이다.

전날에 수좌의 법문은 '아주 쉽다' 고 하는 소리를 들었다. 대체로 가만히 있다가 주장자 두서너 번 구르고 하상下床하는 것과 또 온 종일 우두커니 앉아 있기만 하는 수좌의 참선하는 것을 본다면 그보다 더 쉬운 일은 없다고 할 것이다. 그래서 수좌들을 한껏 칭송한다는 이들이 말하기를, 다리 아프고 허리 아프며 갑갑한 것 참기 어렵다는 것뿐이다.

# 법을 설하다

# 천상천하에 유아독존

어느 중이 나에게 물었다.

"천상천하天上天下에 유아독존唯我獨尊이란 말씀은 아무리 부처님이시지만 자기가 자기를 높다고 하는 것이 좀 우습지 않습니까?"

"좋은 질문이다. 마땅히 한 번 생각해 볼 만한 문제이다. 그 원어原語는 어떻게 되었는지 모르지만 우리나라에서는 2천 년간 승속僧俗을 물론하고 모두가 다 그대와 같이 그렇게 알았으며, 그 중에서 혹은 '唯我獨尊'의 아我는 석가모니 개인을 지칭함이 아니라 불법의 존귀함을 나타내려 하는 것이라고 어거지로 풀이하는 이도 있었다. 운문雲門 대사의 일방타살설一捧打殺說[60]을 보면 역대 조사들도 역시 그렇게 안 모양이다. 그러나 그것은 다 오해요 착각이다. '唯我獨尊'의 아我는 함부로 자기를 높히는 말씀이 아니며, 불타를 지목함도 아니고 일체 중생의 자아관을 지칭함이다. 일체 중생은 나면서 곧 자아관이 세워지는 것이니, 이 자아관은 무엇보다도 가장 존귀한 것이다. 부모가 비록 존귀하지만 그것도 내 부모인 까닭에 존귀한 것이지 나보다 더 존귀할 수는 없다. 임금이 아무리 존귀하다 해도 내가 있은 다음에 나라가 생겼고 나라가 있은 다음에 임금이 생긴 것이니 역시 나보다 더 존귀할 수는 없다. 하나님이 아무리 존귀하다고 해도 내가 있은 연후에 하나님이지 내가 없어진 다음에야 하나님의 존귀가 무슨 상관이 있으리오. 그러므로 온 천지를 다 가지고 와서 내 생명과 바꾸자고 할지라도 나는 승낙할 수 없다. 나만 그런 것이 아니라 너도 그럴 것이고 누구라도 다 그럴 것이며, 인간만이 아니라 어떠한 미충微虫이라도 다 그러할 것이다. 이런 이유 때문에 모든 중생은 때때로 우주 전체의 운행준칙인 공정하고 공평한 진리본체에 순응하지 않는 수가 있다. 그것은 자아의 이해利害와 편안함과 근심걱정이 거기에 합치되지 아니하는 때이며, 더구나 자아가 희생을 당할 경우라면 어떠한 무리와 어떠한 불법을 행해서라도 기어이 회피하거나 거슬리려는 것이다. 국민이 국법을 위반할 때에 국가가 그를 죄인으로 취급하듯이 공정한 대자연의 법칙을 위반하는 자를 하느님이 용서할 수 없을 것이니, 일체 중생의 소위 죄업이란 것이 곧 이것이다. 그러므로 석가모니가 출생하면서 곧 제일성으로 '天上天下 唯我獨尊'을 부르짖었고 마음과 힘을 다해서 수도 성취한 결과가 곧 '무아도無我道'를 증득함이오, 이 무아도를 증득함으로써 중생계에 걸려 있는 모든 문제는 얼음이 녹듯이 저절로 해결되는 것이다."

# 말귀 중독자(言句 中毒者)

어느 중이 나에게 물었다.

"어록 중에 종종 '남에게 속임을 당하지 않는 자는 나서라' 하는데 어떤 것이 남에게 속임을 당하지 않는 경우입니까?"

"이 세상 사람들은 누구나 다 '말귀 중독자'이다. 예컨대 조선 세조 때의 사육신은 세상 사람들이 모두 우러러 보는 열사들이다. 그러나 그들의 정신을 살펴보면 자기 일신을 희생해서 국민 전반의 행복을 증진한다거나, 국가 전체의 어떠한 이익을 도모한 것이 아니다. 단지 군주 일인을 향한 충절을 지킨 것이다.

이 충忠자는 황제黃帝시에 창도唱道(부르짖다)된 것인지 요순堯舜 때 제창提唱된 것인지 모르겠지만, 당초에 어떤 지사志士가 다수민중의 공존공영의 행복을 도모하기 위해서 국가를 건설하기로 하니 불가불 군신君臣의 제도가 필요했다. 군신의 제도를 정하고 보니 신하들의 충성이 절실히 요구되므로 국민 전반에게 이 충성의 도를 역설 · 선전하고 주입 · 고취하였다. 뒤에 문인 · 묵객들이 신화 · 동요 · 소설 등 갖은

방법으로 충절의 정신을 찬양해서, 세월이 지남에 따라 일반인의 심중에는 다시 빼낼 수 없을 만큼 중독이 된 것이다. 사육신도 역시 이 무리들 중의 하나이다.

이것은 일례로 든 것이지만, 동서고금에 모든 종교가 · 정치가들이 그때 그때의 민중을 거느리고 제어하기 위해서 별별 이야기를 꾸며 만든 것이 많았다. 민중은 그 이야기에 감염되어서 다시는 헤어날 줄을 모르게 되었으니, 이들이 다 '말귀 중독자' 들이오 '속임을 당하는 자' 들이다. 중들이 흔히 말하기를 부처님이 그렇게 하라고 했으니까 우리도 그리해야 한다고 한다. 그러나 이 역시 '말귀 중독자' 들이다."

# 제도濟度

어느 날 젊은 중 하나가 손목에 시계를 차고 왔기에 내가 소리쳤다.

"이 도적놈들아. 밥 얻어먹는 것만으로도 아주 염치없는 일인데 게다가 사치품까지 쓴다면 이게 어찌된 판이냐?"

"나중에 견성성불見性成佛해서 제도중생濟度衆生하면 그만이죠 뭐."

이때 나는 제도라는 말을 잠깐 생각해 보았다. 『금강경』에서 멸도滅道라는 말은 보았으나 그것은 누구든지 일차 정각正覺을 이루는 때에 무량무수無量無數한 모든 번뇌와 망상 등의 일체 잡념이 소멸됨을 뜻하는 말이다. 제도중생이라 하면 이것은 자신 외에 있는 모든 중생들이 고난 중에 빠진 것을 구제한다는 의미이니, 이것은 교리상으로 보아 도저히 있을 수 없는 말이다.

자고로 자리이타自利利他라는 말이 있었으나 『전등록』·『염송』 등의 어록들을 살펴보면 전부가 다 자리의 도를 밝혔을 뿐이고, 이타의 길을 말한 곳은 전혀 없다. '무릇 형상이 있는 것은 모두 다 허망하니' 태어나고 죽는 모든 현상은 꿈 같고 물거품 같다. 부처와 중생이 둘이 아니오, 번뇌와 보리가 다르지 않아서 일체의 시비와 선악의 분별이 끊어져 일에는 무심하고 마음에는 하고자 하는 일이 없다. 부처가 될 수 있다는 사실도 보지 않고, 중생을 제도할 수 있다는 사실도 보지 않는 것이니, 어찌 그러한 번잡스러운 짓을 할 리가 있으리오. 그러므로 남악南嶽 혜은慧恩 선사는, '과거 현재 미래의 모든 부처님이 너와 나 할 것 없이 모든 사람을 한 입에 다 삼킬 수가 있는데 어디에 또 교화할 중생이 있으리오'[61] 하였다. 대매大梅 법상法常 선사는 '말라 비틀어진 고목이 겨울 숲에 의지하여 몇 번이나 봄이 지나가도 마음이 변치않고, 나무꾼이 그 고목을 지나쳐도 오히려 되돌아보지 않는데 영郢 땅의 사람이 어찌 힘들여 찾을고[62]' 하였다. 땔나무꾼도 오히려 돌아보지 않을 만큼 말라비틀어진 고목이 어찌 중생을 제도할 수 있으리오. 암만해도 중생을 제도한다는 말은 협잡꾼의 쓸데 없는 소리일 것이다.

더구나 요새 중들이 말하는 중생을 제도한다는 뜻은 어떠한 정치적 시설이나 경제적 체제를 세워서 곤경에 빠진 민중들의 생활을 향상시킨다거나 행복을 증진케한다는 것이 아니다. 단지 저들이 사망한 후에 그 영혼이 지옥에 가게 되는 것을 면하게 해주거나, 지옥에 가더라도 그 고통을 경감케 한다는 것이다. 죽어서 극락세계를 간다는 것이나 거듭나서 천국에 들어간다는 것이 일체인은 원래 착오와 전도된 정신을 가지고 있으므로 그 정신이 멸망하여 끊어진 연후에야 극락세계가 나타나고 천국을 보게 된다는 말이다. 무지한 사람들이 사망 후 영혼이 극락이나 천국에 간다는 줄로 알게 된다. 뒤에 생기는 문제는 착한 사람의 혼은 극락이나 천국에 가지만 악한 사람의 혼은 어디로 가는가? 영리한 협잡꾼이 서슴지 않고 '천국의 상대인 지옥으로 간다' 고 하고, 또 지옥은 감옥과 비슷하므로 검사의 신문訊問과 판사의 판결을 거치듯이 염라대왕의 고문설拷問說을 첨가해서 사람들을 벌벌 떨게 만들어 놓았다. 한 번 떨게 된 다음에는 얼마든지 조화造化를 필 수가 있는 것이다.

요새 소위 수륙재水陸齋니 용왕재龍王齋니 조사造寺(절을 짓다)니 주불鑄佛(불상을 조성한다)이니 하는 소위 불사佛事라는 것은 모두가 다 저 떠는 무리들이 주인공이다. 권력으로 협잡배를 가두거나 잘라내야 할 것인가, 교육으로 국민들을 계발시켜야 하는 것이 제일 큰 문제이다. 그 중에도 가관인 것은 저 주인공이란 무리들을 보면 거의 다 여성이지 남자는 별로 없다. 사내들이란 아무리 무식해도 좀처럼 잘 속지 않는 모양이다.

# 대열반大涅槃

옛날에 어떤 강사講師가 대주大珠 선사를 찾아가서 물었다.

"어떤 것이 대열반입니까?"

"생사의 업보를 짓지 않는 것이니라."

"어떤 것이 생사의 업보입니까?"

"더러움을 버리고 깨끗함을 취하는 것이 생사의 업이며 대치문對治門을 벗어나지 않는 것이 생사업이고, 위대한 열반을 구하는 것도 생사업生死業이라 하니, 무릇 어떠한 경전어록이나 금구성언金口聖言이라도 그 본원적인 참뜻을 요해了解치 못하고 믿는다면 모두 언구중독자들이니 어떤 한정된 경계구역를 철저하게 벗어난 자라야 남의 말에 속임을 당하지 않는다."

# 돈점설頓漸說

선지식이라고 자처하는 어떤 화상이 돈점설을 강연하는데, 돈오점수頓悟漸修보다도 오후점수悟後漸修가 더욱 중요한 것이라고 열변을 토하기에 내가 말했다.

"스님이 지금 말씀하시는 법은 무슨 법인지 모르겠지만 불법佛法은 아닙니다. 불법은 돈오頓悟일 뿐이지 점수漸修가 있을 수는 없을 것입니다. 불佛은 즉 각覺이라 불법은 각법覺法이니, 즉 깨닫는 법이요 닦는 법이 아닙니다. 깨닫는다는 것도 일반학자들과 같이 어떠한 유위도有爲道를 깨닫는 것이 아니고 무위법無爲法을 깨닫는 것이라 깨달은 바가 없는 것을 깨닫는 것입니다. 즉 모든 사람이 산하대지 · 삼라만상을 참다운 것으로 여기는데 오직 부처님 한 분은 그것이 참다운 것이 아니고 모두 몽환夢幻임을 깨달은 것입니다. 다시 말하면 일체를 허깨비인 줄로 아는 것이 각覺, 즉 불佛이니 불법은 복잡하고 어려운 것이 아니라 지극히 단순한 것이므로 일언지하에 바로 생사를 잊어버리고 찰나지간에 대장부의 일대과업을 완전히 마칠 수 있게 되는 것입니다. 즉 실實다웁게 여기던 것을 환幻(허깨비)으로 알 따름입니다. 그러므로『원각경』에 이르되 '허망하다는 것을 알게 되면 벗어날 수 있으니 따로 벗어날 방편을 찾지 않아도 되고, 허망함에서 벗어나게 되면 곧바로 깨달음이 있는 것이니 차츰차츰 깨닫게 되는 것은 아니다' 했으니, 방편도 없고 점차도 아닌데 어찌 점수漸修가 있으리오. 더구나 오후점수란 말은 오悟가 무엇인지 모르는 사람들이 하는 소리입니다. 실로 알던 것을 환으로 알게 됨은 꿈을 꾸다가 꿈을 깨는 것과 같은 것이고, 꿈속에서 천차만별의 사실이 있다가도 꿈 깬 후에는 흔적도 없는 것이니, 다시 무슨 점수가 있고 없으리오. 육조六祖 스님 말씀에 '스스로 본심을 알고 스스로 본성을 보면 만법이 다 통하고 만행이 구족具足되리라[63]' 하시니, 만법萬法이 다 통하고盡通 만행萬行이 구족된 이상 무엇을 위해서 점수를 행하리오. 이 점수설을 주장하는 이들은 대개, "'안다'라고 하는 글자가 여러 가지 오묘한 이치로 들어가는 문이다"라고 고창하는 지해知解종사인 하택荷澤 신회神會[64]의 후예들입니다. 그들은 지지일자가 중묘지문인줄만 알고 지지일자가 중화지문衆禍之門(여러 가지 재앙으로 들어가는 문)임을 모르는 때문에 지知와 오悟를 혼동한다고 하겠습니다. 오悟는 근본원리를 스스로 깨달아 버린 실지경계實地境界이고, 지知는 언어나 문자상에서 배운 알음알이에서 온 환상입니다. 어느 때『절요節要』라는 책을 잠깐 보다가 하택의荷澤意를 설명한 구절에서 '무념無念(무아에 경지에 들어 생각이 없다) 상태에 이를 수만 있다면, 좋아하고 미워하는 마음이 저절로 담박해지고, 자비와 지혜가 저절로 더 밝아지고, 모든 업이 저절로 끊어지고 도를 닦는 성과가 저절로 증진된다[65]' 고 하였다. 이 단득무념但得無念에서 무념이라는 것은 깨닫는 상태를 말하는 것인데, 애오비지愛惡悲智(좋아하고 미워함, 자비와 지혜)나 죄업공행罪業功行(죄업과 공덕 등)이 뿌리채 뽑혀져서 흔적조차 남지 않았을 것인데 담박증명淡薄增明이니 단제증진斷除增進이니 할 여지가 어디 있으리오. 이에 하택荷澤이 말하는 무념은 결코 언어나 문자상에서 배워서 얻은 무념이라, 무념의 참 경지를 모르기 때문에 이와 같은 착오를 일으켜서 이것을 오후점수라고 이르지만 사실은 이 역시 오전점수悟前漸修(깨닫기 전에 차츰차츰 닦다)라고 할 것이다. 혹 오전점수라고 할 만한 것은 근기가 미치지 못하는 학자들이 돈오의 문이 열리지 아니함에 부득이한 방편으로 자아를 망각하기 위해서 일체의 시비분별을 생각하지 않는 억지 짓을 하는 수가 있으나, 이런 일도 돌이 풀을 누르고 있는 것과 같아서 도저히 이루어질 수 없는 것입니다. 그런 고로 『신심명』에 이르기를 '움직임을 그치려 한다면 그것이 되려 움직임이 된다네[66]' 라 하였고, 장졸張拙의 오도송悟道頌에는 '번뇌를 없애는 것도 거듭 병을 늘이는 것이요, 보리로 나아가는 것도 역시 삿된 것이다[67]' 라 하였다. 남악南嶽 회양懷讓 선사는 이르기를

'닦아 깨달았는데 더러움이 있다면 그것은 곧 깨닫지 못한 것이다[68]'
라 하였으니, 이 말씀들은 오전후悟前後(깨닫기 전후)를 막론하고 수증修證
의 불가不可를 단정한 것입니다."

## 계율戒律

어떤 노장 한 분이 분개한 빛을 띠고 하는 말이, '중은 첫째 계율을 지켜야지 계를 지키지 않는 중은 중이 아니야' 라고 했다.

"또 무슨 꼴을 보셨는고. 그까짓 계율이나 지키는 중이 무슨 중노릇 제대로 하는 중이란 말이오. 계율이란 것은 원래 그릇된 교단의 질서를 유지하기 위해서 만든 부득이한 방편이지, 정말 옳은 중에게 계율이나 승규僧規 같은 것이 무슨 소용이 있단 말씀이오. 그야말로 어중이떠중이들을 함부로 모아놓고 선원이네 총림이네 한다고 해놓으니, 계율이나 규칙의 제재가 아니고는 하루도 살 수가 없으므로 부득이 그것이 필요하다고 하지만, 옳게 조직된 교단이라면 그런 것은 다 쓸모가 없는 것입니다. 중은 발심한 사람이 중이지 발심하지 못한 사람은 다 훼불방법자毁佛謗法者(부처님을 헐뜯고 비방하는 놈)입니다. 어중이떠중이는 요새 소위 땡초나 연고 없는 중들만을 지칭함이 아니라, 역대 소위 율사니 강사니 하는 그들이 모두다 훼불방법자들입니다. '부처님이 말씀하신 바가 있다고 하면 방불이라' 하니 여래가 설한 바가 있다고 말하기만 해도 이런 사람은 방불이거늘, 만약 여래의 설한 바를 배운다거나 그것을 지킨다고 하면 그 얼마나 심한 방불자이리오. 이러한 훼불방법자들을 모아 가지고 중을 만들겠다고 하면, 그것은 모래를 쪄서 밥을 짓겠다고 하는 것보다 얼마나 더 큰 착오리오. 참으로 발심한 사람들만으로 구성된 교단이라면 그까짓 계율이나 규칙 같은 제도가 절대로 용인되지 않을 것입니다. 왜냐하면 그들은 노래와 여색에 흔들리지 아니하고 역순경계逆順境界에 움직이지 아니하니, 그들에게 어떠한 아름다운 행실이 있어서 세상 사람이 찬양할지라도 거기에 귀 기울이지 아니하고, 또 혹 어떠한 허물이 있을지라도 제왕의 권세나 폭탄의 위력으로도 그것을 고칠 수 없을 것입니다. 왜냐하면 그들의 눈에는 그 권세나 위력이 보이지 않는 탓입니다. 어떻게 계율이나 규칙 등으로 그들을 규범할 수 있으리오. 요사이 더욱 가증한 꼴은 명색 중이라고 하는 무리들이 음주飮酒·가무歌舞·식육食肉과 행도行盜·행음行淫 내지 대처생활까지 하는, 방자한 중노릇을 하게 되어 세속인들까지도 미워하는 눈치입니다. 이러하니 일부에서는 율행律行을 장려한답시고 무엇을 어떻게 고치고 무엇은 어떻게 정해서 의표儀表만은 매우 훌륭하게 꾸며 놓으니, 세인 특히 여신도들에게 총애를 받아서 지극히 사치스런 생활을 영위하고 있는 것입니다."

# 중은 걸망 하나로 족하다

내가 석남사에 오던 날 저녁에 4~5인의 식구가 내 방에 모여앉아서 말하였다.

"이제는 스님이 오셔서 절 안이 푸근하고 훈기가 납니다."

"내가 옛날 이야기 한 마디만 하리다."

어느 절에 노장이 한 분 있었고, 또 그 노장에게 가끔 놀러오는 속인 하나가 있었는데, 어느 날도 그 속인이 노장을 찾아 절 앞에 거의 도착했는데 그 노장이 지팡이를 짚고 나오는 것을 보고 물었다.

"나는 노장님 뵈려고 오는데 노장님은 어디를 가시려고 이렇게 오십니까?"

"그런 게 아니라 모 절에 계시던 선지식 스님이 우리 절로 살러 오시는데 그분 마중을 가는 길이오."

"그러면 나도 같이 가지요."

둘이 같이 가기로 하고 한참을 가노라니 장정 2~3인이 짐을 잔뜩 지고 오는데 '그게 무엇이냐' 고 물으니, 다 그 선지식 스님의 짐이라고 하였다. 얼마를 가다가 그 속인이 자기 집으로 가는 길에 들어서면서 노장에게 작별인사를 드리니 노장 스님이 물었다.

"왜 나와 같이 마중가기로 하고서 별안간 딴소리를 하니 웬일인고?"

"나는 그 스님 벌써 다 보았습니다. 스님이나 어서 가시오. 나는 집으로 가렵니다."

"이 사람은 비록 속인이나 상당한 안목을 갖춘 사람입니다. 중이라면 걸망 하나로 족할 것이거늘, 장정 2~3인이 질 만한 짐을 가졌다면 그의 안팎 살림살이를 충분히 알 수 있는 일입니다. 오늘 내짐은 한 짐 두 짐도 아니고 석 짐 넉 짐이나 져왔으니(일행 네 사람이 각자 한 보퉁이씩 가지고 왔다.) 이렇게 기다린 중 하나를 데려다 놓고 뭘 푸근하니 훈훈하니들 하시오? 승려는 물론이고 신도들도 비신도들보다는 좀더 높고 뛰어난 안목이 있어야 하는데, 요새 사람들은 중이나 신도나 아까 말한

저 속인만한 안목 있는 이가 별로 없어요. 예전에 공자孔子는 말씀하기를 '그 소행을 보고 동기를 관찰하며, 마음으로 편안해하는 바를 살피면 그의 사람됨을 알 수 있으니 어찌 사람이 숨길 수 있을 것인가[69]' 라 하였는데, 지금 사람들은 소행과 동기도 관찰하지 않고, 남이 무엇이라고 하면 그저 덮어놓고 우르르 따라갈 뿐이니, 그들이 가지는 취미는 무엇인가 알 수 없습니다."

# 술 취한 중

금정암金井庵에서 며칠 쉬는데 하루는 술이 잔뜩 취한 중 하나가 오더니 조선 불교교단의 부패를 개탄했다. 차라리 견성도인見性道人이 나지 않는 것을 걱정했다면 그대로 듣겠는데 교단의 부패를 걱정한다는 것은 너무도 웃기는 일이다.

교단의 번성이란 것은 얼마나 많은 대도인이 출현하는가 여부보다도 일반 승려가 모든 계율이나 일체 승규를 엄수하는가 여부에 달린 것이다. 참으로 교단의 부패를 개탄하는 중이라면 자신부터 우선 금주를 단행할 일이 아닌가. 더욱 웃기는 일은 어떤 스님이 '저렇게 만취한 상태에서도 항상 걱정하는 것은 교단 걱정' 이라고 칭찬을 하는 것이었다. 세상에는 언제나 기만하는 자들만이 행세를 한다.

# 선방 밥 먹고 경전 읽는 자는 도적놈이다

어느 날 저녁 입선入禪(참선에 들다) 시간에 젊은 중들이 『능엄경楞嚴經』 아는 중에게 강의를 청하였다. 그 중이 입승 화상에게 허락을 얻어 큰방에서 바로 능엄법회를 열기로 하였다.

"입승 스님에게 허락을 얻은 일이라 그대로 합니다만 정문 위에다 묵언패를 걸어놓고 공공연하게 더구나 입선 시간에 강경講經을 한다는 것은, 선원의 체면으로서는 도저히 용납되지 못할 일이니 이후 다시는 없도록 주의하시오. 예로부터 이르는 말이 '선방 밥 먹고 경전 읽는 자는 도적놈이다' 라고 했습니다."

# 승부심이 없어야 한다

어느 중이 말했다.

“가만히 보면 누구든지 다 이기려고만 하지 지려고하는 사람은 없으니 그게 암만해도 중생이라 그렇지요?”

“그렇지. 중생은 어떠한 중생을 막론하고 낱낱이 다 각기 일개왕국을 건립하였으니, 자아라는 일념一念(한 생각)이 나(生)면서 곧 군왕처럼, 그 위에 오르면 동시에 호생오사심好生惡死心(사는 것을 좋아하고 죽는 것을 싫어하는 마음)이 내각 총리대신으로, 취임하여 조각을 행함에 호락오고심好樂惡苦心(즐거움을 좋아하고 괴로움을 싫어하는 마음)이 내각대신으로, 호승오부심好勝惡負心(이기는 것을 좋아하고 지는 것을 싫어하는 마음)이 외무대신으로, 호미오추심好美惡醜心(예쁜 것을 좋아하고 미운 것을 싫어하는 마음)이 내각서기관장으로, 각각 그 직책을 봉행하게 되는 것이다. 이렇게 승부심勝負心은 중생 왕국에서 요직을 점하는 만큼 일체 중생은 다 이기기를 좋아하고 지기를 싫어하는 것이다. 그러므로 오조五祖 스님이 ‘승부심이 없어야 된다’ 고 말씀하셨는니라.”

# 묵언보다 방하

나무 조각을 장기쪽만하게 깎아서 묵언默言이나 혹 농아聾啞라고 써서 줄에 꿰여 목에 걸고 다니는 중이 몇이 있었다. 그들이 입을 열어도 말은 하지 않지만 간간이 후면後面에 가서 필담하는 일이 있다. 대체 이 불법佛法은 방편도 없고 차츰차츰 수행해서 되는 것이 아니라서 누가 가르칠 수도 없고 누구에게 배울 수도 없는, 오직 '스스로 깨닫는다' 는 한줄기 길이 있을 뿐인데, 번잡스러운 호사가들이 국왕 · 대신이나 재력가들을 선동해서 거대한 가람을 건조하고 많은 승려를 양성하는 것이 유일한 불사라 여겼다. 어떤 때에는 일생을 이 사업에 헌신 노력하는 무리가 무수히 배출된 적도 있었다. 신라 전성시에는 승려 수가 전인구의 거의 반이나 된 때도 있었다고 한다. 그러나 참으로 정각正覺(바른 깨달음)을 이룰 근기는 1억 중에 하나 둘도 얻기 어려운 것이다. 참 중은 보기 드문 것이고 대다수는 비도非道(불도가 아닌 것)를 밟게 될 수밖에 없을 것이다. 그 중에도 가장 성실한 이들이 억지로라도 자아를 잊어버릴 방도를 구해본 것이다. 자아를 잊어버림에는 일체의 시비와 분별을 모두 놓아버리는 것이 제일 중요하고, 분별시비를 놓아버리는 데는 묵언이 가장 필요하므로 예전부터 이를 실행하도록 장려하였다.

그래서 지금도 제방선원諸方禪院 좌선실坐禪室 정문 위에는 거의 다 묵언패가 걸려 있고 묵언승도 간혹 있다. 그러나 묵언은 말末이고 방하放下(일체의 생각을 놓아버리는 것)가 근본이다. 필담하는 묵언승은 기본설말棄本說末[70]이므로, 근본에 힘쓴다 해도 돌이 풀을 누르고 있는 것처럼 일이 성사되는 것을 기약할 수 없다. 하물며 지말적인 것에서 효과를 기대할 수 있겠는가.

# 참 종교인

어느 날 밤에 누가 와서 어느 중과 담론하는데 그 태도를 보니 평소에 사색을 많이 하던 사람이었다. 그 사람이 덜된 철학자나 위선적인 종교인들을 많이 접촉해 보았으나 별 신통스러운 꼴을 보지 못했었듯, 지금 담론하는 상대에게도 '너도 역시 별 수 없는 사람일 것인데 무슨 잔소리냐' 는 표정을 보였다. 결국 그 사람 입에서 '모든 종교인들 다 보아야 별 수 없더라' 는 말이 나왔다. 내가 물었다.

"어디서 종교인을 더러 보셨습니까?"

"아, 많이 보았지요. 전 세계에 가득찬 기독교인도 많이 보고 불교인 · 유교인 기타 여러 가지 별별 종교인들 다 많이 보았지요."

"그들이 참으로 옳은 종교인들입니까?"

"아 그렇지요. 평신도들은 그만 두고라도 목사 · 전도사나 장로 · 신부 같은 이들이야 다 기독교인들이고, 사찰에 있는 승려는 불교인이지요. 『사서삼경』을 해독하고 무릎 꿇고 앉아서 수행하는 이들은 다 유교인일 테지요."

"지금 잠깐 하시는 말씀을 들어도 평소에 생각을 매우 깊이 하시는 분 같은데 종교에 대해서는 너무도 헐하게 평가하시는 듯 싶습니다. 종교인이라고 하면 반드시 그 종교의 종취宗趣를 바로 신앙하는 사람이라야 할 것인데 종교의 종취, 즉 종교주宗教主( 종교를 창시한 교주)의 최고 이상이란 것은 다른 사람으로서는 좀체 알기 어려운 것입니다. 불교는 더 말할 것도 없고, 유교는 공자의 제자 가운데 안연顔淵이 제일이었지만 그가 죽을 때까지 노력 또 노력했으나 결국 공자에게 '질문 다운 질문은 하나도 하지 못했다' 하였습니다. 그리스도를 늘 따랐던 열두제자 중 베드로가 수제자인데 그리스도가 십자가에 못 박히기 전날 밤 세 번이나 그리스도를 모른다고 하였으니, 그 모른다는 말은 자기가 그리스도의 무리가 아니라는 변명 같지만, 그 변명이 곧 그리스도의 최고 이상을 몰랐다는 증거입니다. 그러면 저 종교의 교주가 친히 지도하고 훈육하는 밑에서 독실하게 학문을 닦은 대표적인 제자들도 오히려 알지 못한 것을, 몇 만 년이나 몇 천 년 후에 난 보통사람들이 그 유묵遺墨(남겨 놓은 책)이나 문건이나 전설에 의해서 알아보겠다고 한다면 될 듯싶습니까? 당신이 생각을 많이 하시는 것은 깊이 공경하지만, 종교에 대한 관념만은 다시 한 번 더 깊이 검토하실 필요가 있을 줄로 생각합니다."

# 후생이 있을까요?

하루는 거사 한 분이 대들어 물었다.

"도대체 후생後生(즉 내생)이 있는 것입니까? 없는 것입니까?"

"후생이 있건 없건 알고 싶은 게 무에 있소?"

"개가 될지 소가 될지 몰라서 궁금합니다."

"전생에 무엇이었던 것은 아시겠소?"

"모르지오."

"그러면 후생에 태어난 개나 소가 역시 전생에 무엇이었는지 모르는데, 후생에 소가 되든 개가 되든 지금의 나 하고는 아무 관련이 없을 것인데, 궁금할 것이 무엇 있소. 후생에 태어난 소나 개가 고苦를 받든 낙樂을 누리든 나와 아무 상관 없음이, 방금 저기 있는 소나 개가 낙을 누리거나 고를 당하거나 나하고는 아무 상관없는 것과 꼭 같을 것인데 무엇이 궁금하단 말이오?"

# 승적을 이야기하다

하루는 두 중이 이야기를 나누었다.

"국회의원 모某가 중이라지."
"중은 무슨 중."
"승적僧籍이 분명히 있다는데."

내가 끼어들었다.

"승적 있는 중이 얼마나 옳은 중이겠나."
"그러면 승적이 없어야 옳은 중인가요."
"승적이 없다고 해서 다 옳은 중이라고 하는 것은 아니지만 승적 있는 중 치고 결코 옳은 중은 없을 것이다."

# 진리의 발견

어느 날 한 신도가 와서 어느 중과 담론하다가, '우리는 결국 진리의 참됨과 가짜를 변별할 수 없다' 는 말이 나왔다. 누가 말하기를 '우리는 그저 살기에 필요한 노릇만 해갈 따름이라' 고 결론을 내렸다. 내가 그 신도에게 물었다.

"살아야 한다는 것만은 진眞일까요."

"그렇지요. 일체 생물 치고 어느 것이나 다 살려고 하는 것은 본능이 아닌가요."

"일체 생물이 다같이 살고자 하는 것은 사실이지만, 그것은 단지 일반적인 생각일 뿐이지 어떤 이유나 근거를 발견할 수 없는 이상 덮어놓고 진眞(참, 진리)이라고 판정할 수는 없는 것입니다. 비록 전부라고 할지라도 그 최초의 근원을 살펴보면 일체 생물의 시조는 결국 일점一點에 다다르고 말 것이며, 또 최초 시발한 호생오사심好生惡死心(살기를 좋아하고 죽기를 싫어하는 마음)은 어떤 근거 없이 무단히 일어났을 것이고, 그

것이 계속 유전된 것에 불과할 것입니다."

"그러면 우리는 어떻게 진리를 발견할 수 있을까요?"

"하나도 하고 싶은 것이 없고, 하나도 하기 싫은 것도 없는 경지에 가면, 거기서 진眞을 볼 수 있습니다."

## 중생은 영원히 중생인가?

꽤 오래간만에 어느 신도가 오더니 첫 인사가 '그 동안에 무엇을 생각했습니까?' 라고 묻기에 답했다.

"대체 인간의 소위 문화라고 하는 것은 거의 다 생각에서 나온 산물이라 할 것입니다. 더욱이 과학사상을 토대로 한 현대 문명이야말로 특히 그렇다고 할 것입니다. 그러나 불佛은 이것을 부정하는 것이니, 사량思量 · 복탁卜度 · 지해知解 · 정량情量(생각하는 것, 헤아리는 것, 알음알이로 아는 것, 느낌으로 아는 것) 등 일체 분별이 모두 망상입니다. 그러므로 조사선문중에 있는 몇 개 문구를 들어보면 '이 문 안에 들어오면 아는 견해를 일으키지 말고' '선도 생각하지 말고 악도 생각하지 마라' '일체 모두를 사량하지 마라' '분별심과 시비심을 모두 놓아버려라' 라고 합니다.

지해知解 종사는 이르기를 '안다고 하는 말이 여러 가지 오묘한 이치로 들어가는 문이다' 함에 반하여 세속을 떠난 납승衲僧은 이르기를, '안다고 하는 말이 여러 가지 재앙으로 들어가는 문이다' 라고 하며

'생각해서 알고 헤아려서 깨닫는 것은 도깨비 굴 속에서 살 계략을 꾸미는 것이다' 하여 모든 마음의 의식 작용이 완전히 없어지기를 요하나니, 즉 언어와 도道가 끊어지고 심행처心行處(마음이 가는 곳)가 없어진 곳에서만 진眞을 볼 수 있는 것입니다. 즉 일체 중생들의 견문각지見聞覺知(보고 듣고 느끼고 안다) 내지 사고 · 판단에 이르기까지의 모든 작용이 모두 의식의 작용인데 이것이 완전히 없어지고 나서야 본지本智가 나타나는 것이고, 이 본지로서 아는 것이라야 참으로 옳게 아는 것입니다.

다시 이것을 비유로 말하면 본지는 고요한 물 위에 일체의 만상이 본형本形(본 모습) 그대로 옳게 비침과 같고, 의식은 흔들리는 물 위에 어지러이 비쳐서 하나도 제대로 되지 아니함과 같습니다.

그런데 일체 중생은 옛날부터 지금까지 저 의식의 작용이 완전히 정지되고 본지本智가 나타난 때가 한번도 없었으므로 이 우주를 한번도 바로 보지 못하였을 뿐 아니라, 정견자正見者(바르게 본 사람)가 아무리 자세히 설명을 하더라도 그것을 이해하고 납득할 길이 없으니 암만해도 중생은 영원히 중생인가 싶습니다."

## ■주

1) 凡所有相이 皆是虛妄이니 若見諸相非相하면 卽見이 如來니라. 出典『金剛經』.
2) 구자불성狗子佛性: '趙州無子' 라고도 함. 出典『無門關』. "趙州和尙因僧問 狗子還有佛性也 州云無(어떤 스님이 '개에게도 불성이 있습니까' 라고 묻자, 조주 스님이 '없다' 고 대답하였다)"
3) 죽비법문竹篦法門: 首山 省念 선사 법문에 나오는 공안.
4) 병문일아甁門一鵝: 「五燈會源」에 나오는 南泉 화상의 공안.
5) 화사설禍事說: 臨濟 선사의 법문에 나오는 공안.
6) 입승立繩: 선방에서 계획과 규율이 잘 지켜지도록 하는 직책. 수행경력 10년 이상의 고참 중에서 선발한다.
7) 선문촬요禪門撮要: 편찬자가 休靜이라고 하나 확실치 않다. 선문수행상 중요한 조사들의 어록이나 저술 중에서 발췌해서 편집한 책이다.
8) 양무제梁武帝(464~549, 재위기간은 502~549): 남조 양나라의 제1대 황제. 南齊를 멸하고 502년 스스로 제위에 올랐다. 선정을 펼치고 학문을 일으켰으며 불교를 진흥시켰다. 달마 스님과의 만남에서 많은 일화를 남겼다. 그러나 외형적인 것에 집착한 나머지 내용에 있어서는 달마 스님과 극명하게 대비되었다. 禪門에서는 비유로 달마를 법신法身으로 양무제를 보신報身으로 보기도 한다.
9) 혼해混海: 삼척 출신. 속성은 迎日 鄭씨. 금강산 장안사 林碧河 스님의 상좌. 混性 스님이 사제가 된다. 28살에 장안사 강사를 지냈고, 한국전쟁 전에 통도사 강사를 지냈으며 해인사 조실도 지냈다. 이후 범어사 · 남장사 등에서 강사를 지냈다. 전쟁중이던 72살 때 보살의 시중을 받은 것을 계기로 정화의 소용돌이에 빠져있던 한국불교사에서 명성이 평가 절하된 大講伯이다. 제자에 田仰山 · 柳淞月이 있다.
10) 약목역若木驛: 경북 칠곡군 약목면 복성 5리에 있는 간이역.
11) 운봉雲峰(1889~1946): 속성 鄭씨. 혜월 선사로부터 인가를 받았다. 현칙 스님 수행 당시 여러 절의 조실을 지냈다. 제자에 香谷 등이 있다.
12) 내원암內院庵: 경남 양산 천성산에 있는 통도사 말사. 현재는 내원사로 불리며 비구니 사찰이다.
13) 經에 云云何爲人演說고 不取於相하야 如如不動이라 한다. 出典『金剛經』.
14) '今日에 騰騰任運하고 明日에 任運騰騰하야 隨順衆緣하야 無障無碍하며 於善於惡에 不斷不修하야 質直無僞하며 視聽尋常則 絕一塵而作對하니 何勞遺蕩之功이며 無一念而生情하니 奚假忘緣之力哉아' 다. 出典:보조국사(普照國師)『修心訣』
15) '分別是非都放下 但看心佛自歸依.'
16) '作雲而浮타가 成雨而降하니 正是山離俗 泉有福之地라 亦足以過一夏기로 仍請入傍矣러니 猶豫不應諾키로 便作沒廉恥하야 高臥接賓室하니 松風은 거문고요 杜鵑聲노래로다.'
17) '山冷은 太祖前이오 靈桃는 阿度時라 又云 花落啼山鳥오 草生睡寺僧이라 하니 此亦足以過一夏키로 與二六禪和로 共鳴無生일새 惟恨靈錫이 不意이라 長伸兩脚하고 倚壁而坐하니 眼前엔 重重江山이오 耳邊엔 聲聲風磬이라.'

18) 離俗離山眞如地
隨風隨雨自在地
霜落霞飛無餘地
桃開李發別有地.

19) 노전爐殿: 전각의 불을 담당하는 스님이라는 뜻으로 불전을 관리하는 역할을 맡은 스님을 지칭함.

20) 判知無求면 眞爲道行.

21) 無求無慾이 入道之初門.

22) 혜월慧月(1862~1939): 충남 예산군 덕산면 신평리 출생. 경허 스님의 상좌. 수월이 사형이고 만공이 사제이다. 부산 선암사에서 오랫동안 주석했다. 제자로 雲峰 등이 있다.

23) 知之爲知之요 不知爲不知니 是知也니라. 출전 『論語』〈爲政編〉.

24) 一以灌之(원래 '一以貫之' 였는데 여기서 '貫' 을 '灌' 으로 바꿈). 出典 『論語』〈里仁編〉.

25) 凡所有相은 皆是虛妄이라 若見諸相非相하면 卽見如來라 하시고 또 若以色見我커나 以音聲求我하면 是人은 行邪道라 不能見如來.

26) 적멸보궁寂滅宝宮: 부처님의 진신사리를 모신 법당을 말한다. 부처님의 진신사리를 모셨으므로 불단은 있지만 불상이나 후불탱화를 모시지 않은 것이 특징이다. 우리나라에는 오대산 상원사, 설악산 봉정암, 사자산 법흥사, 태백산 정암사, 통도사 금강계단의 다섯 곳이 있다.

27) 『신심명信心銘』: 3조 승찬대사의 게송집.

28) 悟佛心宗하되 寸無差誤하야 行解相應을 名之曰祖라.

29) 亦不覩惡而生嫌하며 亦不觀善而勤措하며 亦不捨智而近愚하며 亦不抛迷而就悟니 達大道兮여 過量이오 通佛心兮여 出度로다 不與凡聖으로 同躔하야 超然을 名之祖라.

30) 識自本心하고 見自本性하면 萬法盡通하고 萬行具足이라 一切를 不除하고 觀諸見相일세. 念念無住하나니 是名最上乘이라.

31) 臨濟小厠兒只具一隻眼.

32) 一了에 一切了하고 一不了에 一切가 不了.

33) 昔聞向爐炭裡避熱者러니 今見入堆雪中避寒人이라.

34) 건당식建幢式: 傳法師에게서 法脈을 이어받는 의식.

35) 可謂 別有天地非人間. 중국 당나라 시인 이백李伯의 시 〈山中問答〉의 표현에서 인용한 문구. '問汝何事棲碧山, 笑而不答心自閑, 桃花流水杳然去, 別有天地非人間./ 그대여 어찌하여 깊은 산에 깃들여 사는고, 웃으며 대답없이 마음 한가하구나. 복사꽃 떠가는 물 아득히 흘러가니, 선경이 바로 여기 속세가 아니로다.'

36) 有說이 皆成謗이오 無言도 亦不容.

37) 能之而能不僞者也: '能之而能不爲者' 중에서 '爲' 대신에 '僞' 를 쓴 것임.

38) 부설거사浮雪居士: 신라시대의 출가승이었으나 환속했다. 그러나 뛰어난 보살행을 몸소 실천해서 어느 뛰어난 고승 못지 않으며, 인도의 유마거사, 중국의 방거사와 함께 우리나라를 대표하는 거사로 추앙받고

있다.

39) 日出而作하고 日入而息하며 耕田而食하고 鑿井而飮하니 帝力이 何有於我哉오.

40) 未離 兜率에 已降王宮하고 未出母胎하야 度人已畢.

41) 若欲眞會인댄 但莫取一切相하면 卽得이니 更無別語.

42) 離一切相이 卽名諸佛.

43) 知幻卽離라 不作方便이오, 離幻卽覺이라 亦非漸次.

44) 常了一切法如幻然後에 可以說法.

45) 선암사仙岩寺: 부산광역시 부산진구 부암3동에 있는 조계종 사찰. 675년 원효대사가 창건한 유서 깊은 사찰. 혜월 스님이 오래 주석하셨다.

46) 사교입선捨敎入禪: 일정한 교리연구를 다 마치고 전적으로 선수행에 들어감.

47) 芳啣錄 序文

經에 云 '如來所得法은 無實無虛' 라 하고 又 古偈에 云 '安坐水月道場하야 修習空華萬行이라가 降伏鏡像天魔하고 證成夢中佛果' 라 하거늘 世人이 聞佛法見禪院하고 直執有可修可證之實法解하야 便云 爲佛弟子者는 當安坐道場하야 修習萬行하야 降伏天魔하고 證成佛果라하나니, 此는 姑未解無實之義者也오. 又 或利根人이 不費多力하고 稍解空理하면 便云 道場이 是水月道場이오 佛果가 亦夢中佛果어니 何修萬行이며 何伏天魔리오 하야 任情恣行하나니 此는 但知無實하고 未知無虛者也로다. 若有人하야 能審此二病而進則可得如來無實無虛之法奚이리라. 維云得이나 得無所得이니라.

如是同悟之徒가

會玆水月道場하야.

修習空華萬行이라가

記載夢幻名號하야.

以示泡影後人하니

是名芳啣錄焉이로다.

48) 방함록: 안거安居할 때에 안거객들의 직명, 성명, 법명, 나이, 본적, 사명寺名 따위를 적어두는 기록.

49) 수좌대회: 1953년 8월 선학원에서 가진 전국비구승 대표자대회와 9월의 전국비구승대회를 가리킨다. 전국비구승대회에서는 종정에 宋曼庵, 부종정에 河東山, 도총섭에 李靑潭이 선출되었다.

50) 대통령담화: 1953년 5월 이승만 대통령의 諭示를 말한다. 주로 倭色一掃에 중점을 두었으나, 이를 계기로 분규중이던 비구 · 대처승 간의 세력 싸움에서 비구측이 유리한 고지에 서게 되었다.

51) 혜가慧可와 달마達磨: 달마가 527년 廣州에 도착해서 崇山 少林寺에서 9년 동안 면벽수도 하였다. 혜가가 법을 구하고자 제자로 받아주기를 달마에게 청했으나 거절하면서, '諸佛의 도는 오랜 세월을 정진하며 참기 어려운 것을 능히 참고, 행하기 어려운 것을 능히 행하지 않으면 안되거늘 어찌 경망한 마음으로 진실의 불법을 구하려느뇨?' 라고 꾸짖었다. 이에 혜가는 칼로 자신의 왼팔을 잘라서 바치고 제자가 되었다.

52) 今之道人은 盡是爲人이오. 爲己者一鮮矣로다.

53) 子路가 問强한대 子曰 南方之强與아 北方之强與아 抑而强與아 寬柔而敎요 不報無道는 南方之强也니 君

子居之니라 衽金革하야 死而不厭은 北方之强也니 而强者居之니라. 故로 君子는 和而不流하나니 强裁矯여 中立而不倚하나니 强裁矯여 國有道에 不變塞焉하나니 强裁矯여 國無道에 至死不變하나니 强裁矯여. 出典『中庸』.

54) 今君은 但知北方之强하고 姑未知南方之强하니 焉知君子之强哉아.

55) 마삼근麻三斤: 베 세근으로 승복 한 벌을 지음. 중국 襄州의 洞山에 있던 守初 화상에게 '부처란 어떤 것입니까' 라고 묻자, '삼베 세 근일세' 라고 답했다.

56) 간시궐乾屎橛(똥을 씻는 막대기) 雲門 선사의 화두.

57) 德山 宣鑑(780~862)의 종풍을 棒으로, 臨濟 義玄(?~867)의 종풍을 喝로서 표현한다.

58) 應無所住 而生其心. 出典『金剛經』〈淨土莊嚴分〉.

59) 來而不來 · 爲而不爲 · 行而不行.

60) 일봉타살설一捧打殺說: 雲門(?~949)은 탄생게에 대해서 이렇게 외쳤다. '내가 그때 보았다면 한 방에 쳐죽여 개밥으로 주어 천하태평을 도모하는데 한 몫 했을 텐데.'

61) 三世諸佛이 彼我一口呑盡이어니 何處에 更有衆生可敎化리오.

62) 摧殘枯木이 依寒林, 幾度運(過)春不變心고, 樵客이 過之에도 猶不顧이거늘 郢人이 那得若推尋고.

63) 識自本心하고 見自本性하면 萬法盡通하고 萬行具足이라.

64) 하택荷澤 신회神會: 육조 혜능 스님의 제자. '南頓北漸' 논쟁을 통해서 남종의 정통성을 세웠다.

65) 但得無念하면 愛惡가 자연 淡薄하고 悲智가 자연 增明하고 盡業이 自然斷除하고 功行이 자연 增進이라.

66) 止動歸止하면 止更彌動.

67) 斷除煩惱重增病이오, 趣向菩提亦是邪.

68) 修證卽不無汚染이라 卽不得.

69) '視其所以하고 觀其所由하며 察其所安이면 人焉廋裁리오. 出典『論語』〈爲政篇〉.

70) 기본설말棄本說末: 근본인 본체를 버리고 지말적인 언어에 얽매이는 것.

박경훈/ 전 법보신문 주필

## 현칙무제玄則無題

내가 현칙 스님을 처음 만난 것은 1958년 여름 안거安居가 끝난 범어사梵魚寺에서 였다. 그때 스님은 강주講主를 맡고 있었다. 강講을 하면서도 스스로는 강주가 아니라고 하셨다. 강원 입승인 진상眞常 수좌의 말에 의하면 스님은 학인學人이 당신의 강론을 알아듣거나 말거나 개의치 않는다고 했다. 그런 강을 왜 하는가 물으면 그냥 밥값을 하는 것뿐이라고 했다. 백장百丈의 '一日不作, 一日不食' 이라는 선풍 때문에 그러느냐고 물으면, 그런 것은 염두에 없다고 하셨다.

그 무렵은 정화淨化의 초기여서 교敎를 낮추고 선禪을 중요하게 여기는 풍조가 강했다. 심지어 강백講伯을 마구니라고 비난하던 시기였다. 스님 스스로도 선객禪客이 선방 밥을 먹고 글을 가르치는 것은 '도둑놈' 이라고 말하면서 '밥값 운운' 하셨다. 나는 그것이 모순 된 이야기라고 생각했다.

그때 스님은 벽곡辟穀(곡식은 안 먹고 솔잎, 대추, 밤 따위만 날로 조금씩 먹음)을 하고 계셨다. 왜 벽곡을 하는가 물으면 큰방에 가기 싫어서라고 대답했다. 그 까닭을 묻자 큰방에는 '시비是非' 가 있기 때문이라고 했다. 큰방의 대중공양 끝에 으레 열리는 대중공사大衆公事를 두고 하는 말이었다. 당신이 벽곡을 하는 이유는 그것이 아님에도 사람들이 물으니 그렇게 답한 것이다. 그러나 그 말속에는 대중공사에 대한 날카로운 비판이 숨겨져 있었다.

원주院主인 혜원慧源 스님이 현칙 스님의 영향을 받아서 내원암內院庵의 뒷산에 염소를 방목했다. 당연히 계율에 어긋난다는 시비가 일었다. 그때 현칙 스님은 부처님도 고행 끝에 소젖을 먹고 견성했는데 염소 길러서 염소젖을 먹는 것이 무슨 잘못이냐고 했다. 그리고 덧붙여 말하기를, "스님들 공양은 부실해서 영양분이 없다. 정진하려면 소젖이든 염소젖이든 먹고 힘을 내야 한다"고 했다. 매우 합리적이었다. 그러나 대부분의 스님들은 이래저래 스님을 괴각乖角이라고 했다.

내가 부산시내에 외출하려는데 현칙 스님이 부르더니 영문시사주간지인 '타임'을 사오라고 하셨다. 그 이유를 물었더니 대답은 간단했다. '시간을 보내기 위해서'였다. 그러나 그 대답은 건성이었다. 정직하게 세상 돌아가는 일에 관심이 있어서 '타임'을 읽는다고 하면 뒤이어 이것 저것 캐어 물을 것이므로 그것이 귀찮아서 건성으로 대답한 것이었다. 그것을 안 것은 '타임'과 함께 '리더스 다이제스트'를 사왔으나 교양잡지인 '리더스 다이제스트'는 거들떠보지 않아서 그것을 따지자 실토를 해서 알게 되었다.

어느 날 2차세계대전 후에 간행된 최신 영화사전英和辭典을 구해 오라고 했다. 지금도 '타임'지는 새로운 시사용어를 생산하고 있는데, 그때 스님은 그 신조어新造語의 내용을 알고 싶어 했다. 그만큼 세상 돌아가는 일에 관심이 있었던 것이다.

스님의 출가동기에 관해서 사람들은 여러 가지로 추측들을 하고 있었다.

그러나 스님은 그것을 긍정도 부정도 하지 않았다. 당신 자신의 일임에도 오불관언吾不關焉이었다. 또한 스스로 당신의 출가동기에 대해서 말하는 일도 없었다. 최근 어떤 스님은 현칙 스님이 기독교계의 고등학교 교장으로 있으면서 불교를 깨트리기 위해서 오대산 상원사로 방한암方漢岩 스님을 찾아가 논쟁을 한 끝에 도리어 설복說伏을 당해서 출가했다고 증언하였다. 이 증언 가운데 방한암 스님과의 관계는 『산중일지』에 그 일단이 있어서 수긍이 가는 바가 있다. 그러나 미션스쿨의 교장을 지낸 것은 젊은 나이로 인해서 의문이 없지 않다.

동년배인 화봉華峰(柳葉) 스님은 자기가 연희전문학교 불문과에 다닐때, 현칙 스님은 신학과에 다녔다고 한다. 그리고 연희전문학교를 졸업한 뒤,현칙 스님은 일본의 메이지대학 철학과(서양철학전공)로, 화봉 스님은 와세다대학 영문과로 각각 진학했다. 그러나 이때까지 두 사람 사이에는 교분이 없었다. 출가할 마음을 낸 현칙 스님이 동아일보 김학송 기자의 소개로 화봉 스님을 만나서야 두 사람은 서로 알게 되었다. 따라서 화봉 스님은 현칙 스님이 출가하려는 속사정을 자세히 알 수 없었다고 한다. 다만 교목校牧을 지냈다는 사실은 알았고, 실연失戀이 출가하려는 이유가 아닌가라고  짐작을 했을 뿐이라고 하셨다. 이 증언은 내가 범어사에서 들은 것과 같은 것이었다.

현칙 스님은 『산중일지』에서 당신이 출가하기 전에 기독교의 교역자였음을 내비치고 있다. 이것이 출가 이전의 자신에 관한 유일한 서술이다. 이 말과 함께 전공한 학문으로 미루어 보아서 기독교에서 불교로 개종한 것을 알 수 있다. 기독교에서 불교로 개종한 스님의 이 『산중일지』에서 우리는 기독교와 불교의 충돌을 보게 된다. 그리고 그 행간行間에서 스님의 기독교에 대한 노스탤지어를 느끼게 된다. 이질적인 두 종교 사이에 가로 놓인 갈등의 정서가 배어 있다. 싸르뜨르는, '나는 무신론자이고 무종교인이지만 나의 혈관 속에는 가톨릭의 피가 섞여서 흐르고 있다. 그것은 내가 가톨릭 문화의 토양 속에서 자랐기 때문이다' 라고 했다. 종교와 문화가 달라도 모든 인간이 예외가 아님을 이 『산중일지』는 깨닫게 한다. 스님은 기독교에 대한 노스탤지어에서 두 종교가 서로 이해하기를 요청한다.

현칙 스님의 『산중일지』는 1931년에서 1950년대 중반까지의 산중생활을 때로는 담담하게, 때로는 날카로운 어조로 이야기하고 있다. 우리는 그 이야기를 통해서 스님들의 생활상을 생생하게 접할 수 있다.

특히 스님들의 불교에 관한 그릇된 의식에 대해서는 목소리가 준엄하고 노기마저 서려 있다. 그 한 예로 그릇된 역사인식을 들 수 있다. 이승만 대통령이 불교정화에 관한 유시를 했을 때였다. 어느 스님이 상당上堂하여 권력과 가까워야 불교가 발전할 수 있다고 말한 끝에, 황제가 네 번을 국사로 초빙했으나 네 번을 다 거절한 사조四祖 도신道信 스님의 예를 들고 황제의 신심에 부응하지 못했다고 비난했다. 스님은 즉석에서 황제가 국사를 초빙하는 것은 불교를 권력의 아래에 두고 이용하고자 한 것이라고 통박했다. 이것은 황제의 국사초빙을 불교 발전의 계기로 인식해 온 불교사에 대한 아픈 비판이었다. 뿐만 아니라, 불법이 승려의 전유물이 아니며 세속인과 공유해야 한다고 질타하고 있다.

『산중일지』는 한 마디로 흔히 만날 수 있는 이야기가 아니다. 전편에 불교의 미래를 내다보는 혜안이 번득인다.

송월松月 / 해인사

## 내가 기억하는 현칙 스님

현칙 스님은 계행이 청정했고 승려생활을 깨끗이 잘하신 분이다. 학자라고 할 만큼 학식이 깊었다. 현칙 스님은 속리산 복천암에 오래 계셨다. 한암 스님으로부터 계를 받았고, 출가 후에는 한 곳에 머무르지 않고 여러 선방을 돌아 다녔다. 말년에 현칙 스님이 청주 비구니 사찰인 미륵사에 계실 때에 병이 들었다. 직지사 상주포교당 주지로 있던 재용再湧 스님이 이 사실을 알고 불편하실 것이라고 생각하여 상주포교당으로 모셔 왔다. 재용 스님은 계룡산 출신 스님이었다.

그때 나는 경북 예천 명봉사鳴鳳寺 주지로 있었다. 현칙 스님이 병들어 누워 계실 때 내가 문병을 갔다. 병으로 고생하고 계시는 것이 안스러워서, "이렇게 살아서 되겠습니까?" 했더니, "아 이렇게 살면 멋지게 사는 것이지 무엇을 더 바랄 것이 있는가?"라고 하셨다. 한 마디도 걱정이 있는 표정이 아니었다. 그 한 마디가 현칙 스님의 수양 전체를 보여주는 것이었다. 병중에 걱정 안하는 사람이 없고, 아프다고 안하는 사람이 없는데 암으로 죽어가면서도 그 양반은 걱정이 하나도 없었다. 스님이 돌아가신 뒤에는 재용 스님이 다비를 했다고 전해 들었다. 나는 스님을 천성산 내원암에서 처음 봤다. 내원암은 내가 원주를 지낸

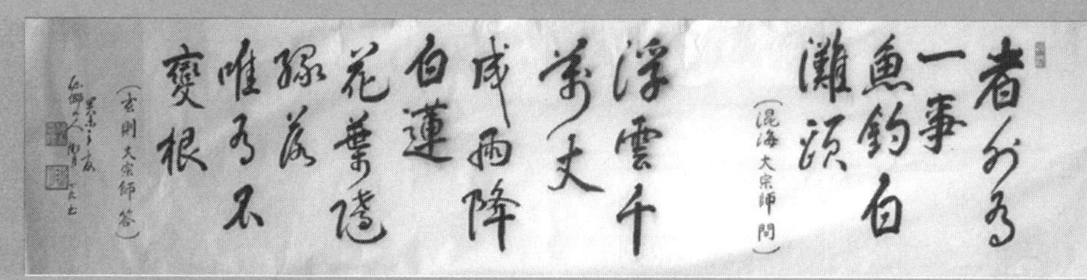


혼해 화상과 현칙 스님의 문답을 혼해 화상의 상좌인 해인사 송월 스님이 이 책의 출간을 기념하기 위해 쓴 글이다.(본문 81페이지 참조)

인연이 있는 절이다. 1940년부터 정운봉 스님이 내원암 명의상 주지였고, 나의 스승이신 혼해 스님이 대리 주지로 3년 동안 지냈다. 이제 현칙 스님의 산중일지를 보니 스님의 청정한 계행과 인품이 그리워진다. 당시의 역사가 대부분 묻혀버린 현실을 감안 할 때 현칙 스님의 『산중일지』는 참으로 귀한 것이라고 생각한다.

## 편집 후기

세상 일에는 인연이란 것이 있는가 봅니다. 편집자가 현칙 스님의 『산중일지』를 처음 본 것은 3년 전입니다. 어느 고미술 경매전에서 『산중일지』를 처음으로 보게 되었습니다. 그러나 편집자는 무심하게 그 일지를 지나쳤습니다. 그로부터 2년반이 지나서 다시 『산중일지』를 보게 되었습니다. 이름도 잘 알려지지 않은 수행자의 진솔한 수행의 기록인 일지가 여러 사람 손을 거쳐서 유전되는 것을 보고 가슴이 아팠던 기억이 있습니다. 그러나 이번에도 편집자는 『산중일지』를 외면했습니다.

그리고 지난 3월에 편집자는 세 번째로 『산중일지』를 만났습니다. 이번에는 인터넷 경매싸이트인 '코베이'를 통해서였습니다. 편집자는 김구현 사장의 협조로 『산중일지』를 손에 넣었습니다. 그리고 단숨에 읽었습니다. 읽고 나서 컴퓨터 앞에 앉아서 타이핑을 시작했습니다.

편집자는 『산중일지』를 다음과 같은 이유에서 출판하기로 했습니다. 첫째, 한국 불교사에서 역사적 기록이 절대적으로 부족한 시기의 귀중한 기록입니다. 둘째, 상당법문이나 문도들의 칭송 일변도의 문집이 대부분인 불교계의 현실에서 현칙 스님의 일지는 독특하고 진솔한 수행기록입니다. 승속을 불문하고 발심

수행하는 수행자라면 꼭 겪게 마련인 과정을 자상하게 기록한 점은 높게 평가받아야 한다고 생각합니다.

『산중일지』의 흘려 쓴 글씨를 해독하고, 인용된 유교경전의 출전을 밝히고, 불경 인용문을 해석하고, 선시를 해석하는데는 많은 분들의 도움이 있었습니다. 동국대역경원 최철환 부장님과 여러분들, 매일 격려하는 전화를 해주셨던 이동형 박사님, 27년만에 꿈처럼 다시 만난 일초 선배님, 특히 개인적 어려움 속에서도 밤잠을 설치며 애써 준 여인철 박사의 도움이 없었다면 제대로 된 책이 나올 수 없었을 것입니다. 현칙 스님의 행장을 밝히는 데는 생전에 현칙 스님과 안면이 있으셨던 전 법보신문 주필 박경훈 선생님과 황대선원 성수性壽 스님, 해인사 송월淞月 스님의 도움이 컸습니다. 편집을 하는 과정에서 『산중일지』의 초록抄錄이 1961년 1월 5일부터 3회에 걸쳐서 「대한불교」에 연재되었던 사실이 밝혀지기도 했습니다.

편집자는 『산중일지』의 내용을 따라 스님의 행적을 찾기 위해서 여러분을 만나고, 스님이 수행했던 절들을 방문했습니다. 현칙 스님의 발자취를 따라서 여행했던 시간은 편집자에게는 행복했던 순간이었습니다. 복천암을 오르기 위해 걷던 속리산 숲길의 호젓함, 해인사를 방문하고 올랐던 가야산에서 만난 들꽃, 석남사의 영우 스님 방에서 나눈 따뜻한 이야기들이 지금도 가슴에 전해져 옵니다.

2003. 7

지영사 편집부